Chère lectrice,

Pour ce mois d'octobre, je vous ai réservé une très belle surprise : sur le même principe que « L'héritier des Drakos », paru en début d'année, un nouveau volume double exceptionnel paraît dans votre collection Azur : « Le destin des Parenti », de Penny Jordan (n° 3285). Dans les deux romans inédits qui composent ce volume (*Le défi d'une amoureuse* et *Un impossible secret*), vous pourrez assister à la naissance explosive du désir — et de l'amour, intense et passionné — entre Giselle et Saul Parenti, que tout semble pourtant séparer. Au fil du récit, secrets et passion seront au rendez-vous !

Mais le plaisir ne s'arrête pas là, car c'est bien ce mois-ci que vous découvrirez la suite de « La saga des Orsini », de Sandra Marton.

Très bonne lecture !

La responsable de collection

Un amant sicilien

SANDRA MARTON

Un amant sicilien

collection Azur

éditions HARLEQUIN

Collection : Azur

Cet ouvrage a été publié en langue anglaise
sous le titre :
THE ICE PRINCE

HARLEQUIN®
est une marque déposée par le Groupe Harlequin
Azur® est une marque déposée par Harlequin S.A.

83-85, boulevard Vincent-Auriol, 75646 PARIS CEDEX 13.

Service Lectrices — Tél. : 01 45 82 47 47
www.harlequin.fr
ISBN 978-2-2802-4438-1 — ISSN 0993-4448

1.

La première fois que Draco vit Anna, c'était dans le salon VIP d'Air Italie. Elle déboula dans sa vie avec toute la délicatesse d'une grenade dégoupillée. La seule différence ? Une grenade eût été moins difficile à manier.

Il était assis dans un fauteuil de cuir, près d'une fenêtre, feignant de s'intéresser à un fichier ouvert sur l'écran de son portable. En réalité, complètement assommé par le décalage horaire, il manquait de sommeil et était trop préoccupé pour se concentrer sur sa lecture. Et comme si cela ne suffisait pas, il souffrait d'une migraine infernale.

Six heures de Maui à Los Angeles. Une escale de deux heures suivie par six heures de vol jusqu'à New York. Et maintenant, encore deux heures d'attente ou plutôt trois, aux dernières nouvelles. Un voyage aussi interminable aurait eu raison de n'importe qui, mais pour un homme habitué au luxe et au confort de son 737 privé, c'était un véritable cauchemar.

Hélas, compte tenu des circonstances, il n'avait guère eu le choix : son propre avion étant immobilisé pour une révision depuis longtemps programmée, il n'avait pas pu s'organiser autrement en apprenant qu'il lui fallait rentrer à Rome.

Il avait beau s'appeler Draco Valenti, prince Draco Marcellus Valenti, avoir une assistante à l'indubitable efficacité, il n'y avait plus le moindre avion à louer à la dernière minute pour ce vol intercontinental.

A Maui, il s'était vu attribuer un siège en classe économique, entre un homme qui avait fini par accaparer l'accoudoir, et une femme entre deux âges odieusement familière qui n'avait cessé de lui parler tandis qu'ils survolaient le Pacifique. Draco avait eu beau ne lui répondre que par des « hum… » polis avant de s'enfermer dans un silence total, cela ne l'avait pas empêchée de lui raconter sa vie entière.

Entre Los Angeles et Kennedy Airport, il avait réussi à dénicher une place en première classe mais, là aussi, son voisin s'était révélé un odieux bavard que même un silence de tombeau n'avait pas réussi à décourager.

Pour la dernière partie du voyage — presque quatre mille kilomètres avant de se retrouver enfin chez lui —, il avait réussi à obtenir, à la dernière minute, deux sièges voisins en première pour s'assurer d'une tranquillité parfaite.

Puis il s'était dirigé vers le salon privé, dans le secret espoir d'y faire une petite sieste et de reprendre ses esprits avant la confrontation qui l'attendait à l'arrivée.

Ce ne serait pas facile, et mieux valait s'y préparer pour ne pas perdre le contrôle de ses émotions, c'était bien la plus grande leçon que la vie lui avait apprise. Tandis qu'il se le répétait comme une litanie en tentant de maîtriser la colère qu'il sentait bouillonner en lui, la porte du salon s'était ouverte, si violemment que le battant était allé cogner contre le mur.

Cristo !

Rien ne lui serait donc épargné, pensa-t-il tandis qu'une douleur fulgurante lui déchirait la tempe. Il leva vers l'intrus un regard menaçant.

Une femme.

Une femme qui l'horripila immédiatement. Grande, mince, blonde. Mais ça ne s'arrêtait pas là.

Elle portait un tailleur gris foncé, Armani ou dans ce style-là en tout cas. Ses cheveux étaient tirés en une queue-de-cheval sans charme. A un bras, une valise monstrueuse, et à l'épaule, une sacoche visiblement pleine à craquer.

Quant à ses chaussures…

Des sortes de mocassins d'allure assez pratique, mais juchés sur des talons d'une hauteur vertigineuse.

Le regard de Draco se fit plus aigu.

Des femmes comme ça, il en avait déjà vu par dizaines. Coiffure sévère, tenue de travail stricte. Mais talons aiguilles pour jouer sur tous les tableaux, exigeant qu'on les traite comme des hommes, tout en revendiquant les privilèges accordés aux femmes. Un comportement typique.

Et tant pis si on lui reprochait d'être sexiste.

Il l'observa tandis qu'elle balayait du regard le salon qui, à cette heure tardive, n'acueillait plus que trois passagers : un vieux couple à moitié assoupi sur un petit canapé, et lui-même. Ses yeux ne s'attardèrent pas sur les deux autres et vinrent directement se poser sur lui. Avec insistance.

Une expression indéchiffrable avait envahi son visage. Un visage agréable, il fallait bien le reconnaître. Des grands yeux. Pommettes hautes, lèvres charnues et menton plein de détermination…

Il attendit. Il aurait juré qu'elle allait s'adresser à lui, mais elle finit par détourner le regard.

Bene. Il n'était pas d'humeur à engager la conversation, ni à se laisser draguer. La seule chose dont il avait envie, c'était d'être tranquille, de rentrer à Rome et de se sortir du pétrin qui l'attendait là-bas. Il baissa le nez sur son écran tandis que la fille se dirigeait vers le guichet d'accueil désert en faisant claquer ses talons sur le sol de marbre.

— Bonjour ? lança-t-elle d'une voix impatiente. Il y a quelqu'un ?

Draco releva la tête. Extraordinaire. Non seulement elle s'impatientait mais, en plus, elle avait l'air de mauvaise humeur. Elle se pencha au-dessus du comptoir comme si elle espérait y découvrir quelqu'un en train de dormir sur le sol.

— Quelle tuile, alors…, lança-t-elle, provoquant chez Draco une grimace d'énervement.

Impatiente. Irritable. Et américaine. Cette allure, cette voix, cette attitude « moi avant tout » — elle aurait tout aussi bien pu porter son passeport collé sur le front. Les Américains, il avait l'habitude de traiter avec eux — la maison mère avait son siège à San Francisco —, et autant il appréciait la franchise sans détour des hommes, autant il avait du mal à supporter le manque de délicatesse de certaines femmes.

Qu'elles veuillent faire bonne impression, pourquoi pas ? Mais lui, il n'aimait que les femmes chaleureuses, douces, féminines, comme sa maîtresse du moment.

— Draco, lui avait-elle soufflé la nuit précédente, lorsqu'il l'avait rejointe sous la douche, dans la demeure qu'il avait louée à Maui, face à l'océan.

Moi, ce qui me plaît chez un homme, c'est qu'il prenne tout en charge.

Et il lui avait fait l'amour tandis que l'eau rejaillissait sur leurs corps enlacés.

Pas un homme, même le plus stupide, ne se serait risqué à « prendre en charge » la femme qui s'impatientait à ce comptoir, martelant le sol du talon d'un air excédé.

Comme si elle lisait dans ses pensées, elle se retourna et son regard parcourut de nouveau la pièce avant de venir se fixer sur lui. Il ne s'y attarda que deux secondes, beaucoup moins longtemps que la première fois, mais avec une intensité inquiétante.

— Désolée de vous avoir fait attendre, déclara l'hôtesse d'accueil en se précipitant vers le comptoir. Que puis-je faire pour vous ?

— J'ai un sérieux problème, répondit l'Américaine en se tournant vers elle.

C'est tout ce qu'entendit Draco, car ensuite elle baissa la voix. Avec un soupir de soulagement, il revint à son portable. L'intérêt très éphémère qu'avait suscité en lui cette passagère prouvait simplement à quel point il supportait mal le décalage horaire. Pourtant, il lui fallait absolument être en pleine forme en arrivant à Rome pour affronter ce qui l'attendait. En général, il était parfaitement apte à résoudre les problèmes difficiles. Mieux, il adorait ça. Mais cette fois, les difficultés menaçaient de tourner au désastre, d'autant qu'il tenait absolument à éviter toute publicité, malgré le harcèlement des médias.

Sur les ruines que lui avaient laissées son père, son grand-père et ses ancêtres — durant cinq siècles, ils avaient dépensé sans compter et englouti leur héritage —, il avait réussi à rebâtir un empire financier. Seul, sans aucune aide. Sans actionnaires. Sans appui extérieur. Un univers financier qui lui appartenait entièrement. Seuls les fous et les incapables faisaient confiance à autrui.

C'est pour cette raison qu'il avait quitté Maui, après avoir reçu en pleine nuit un appel de son assistante, alors qu'il dormait avec sa maîtresse. Draco avait écouté attentivement ce qu'elle avait à lui dire. Puis, en jurant à mi-voix, il s'était précipité hors de la chambre, sur la plage qu'éclairait le clair de lune.

— Faxez-moi cette lettre, avait-il alors rugi, et tout ce qui se trouve dans ce fichu dossier.

Son assistante s'était exécutée et, vêtu d'un short et d'un T-shirt, Draco avait pris connaissance des documents. Puis la pâle lueur de l'aube avait teinté la mer de rose.

Il avait tout de suite su ce qu'il avait à faire : quitter au plus vite les brises d'Hawaii pour retrouver l'été oppressant de Rome. Et là-bas, affronter un homme pour lequel il ne ressentait que mépris.

Cesare Orsini.

Comme il n'avait pas répondu à sa première lettre, il en avait reçu une autre, puis une troisième. A ce moment-là, il était allé trouver un de ses employés.

— Je veux que vous meniez une enquête sur un Américain nommé Cesare Orsini, avait-il ordonné.

Il n'avait pas mis longtemps à recevoir les informations qu'il attendait.

Cesare Orsini, citoyen américain né en Sicile, avait émigré en Amérique un demi-siècle plus tôt avec sa femme. Pour récompenser son pays adoptif de sa générosité, il était devenu un membre de la pègre, un gangster qui ne croyait qu'à l'argent et à la force brutale.

Et voilà que cet homme semblait bien décidé à s'emparer de ce qui appartenait depuis des siècles à la maison Valenti, et en ce moment à lui-même, le prince Draco Marcellus Valenti.

Un titre ridicule que Draco utilisait rarement car il le trouvait prétentieux et déplacé dans le monde d'aujourd'hui, mais dont il avait usé délibérément dans la réponse froide et formelle, mais claire, qu'il avait adressée au vieux mafieux.

Et il avait bien cru en avoir fini avec lui. Il se trompait. Le truand avait répondu par une menace.

Non pas une menace physique, hélas, car Draco, qui n'avait pas été élevé dans un cocon princier, aurait été trop heureux d'y faire face. La menace d'Orsini était plus insidieuse.

« Je vous envoie mon représentant, Votre Altesse. Mais si nous ne parvenons pas à trouver un terrain d'entente, je ne vois pas d'autre solution que de porter cette affaire en justice. »

Un procès où serait publiquement exposée cette plainte absurde ? En théorie, cela ne pouvait se produire, puisque Orsini n'avait aucune véritable cause à plaider. Mais en *Sicilia*, terre archaïque, les querelles ne s'apaisaient jamais. Et par la magie des médias, ce différend pourrait vite prendre une dimension internationale…

— Excusez-moi.

En clignant des yeux, Draco releva la tête. L'Américaine et l'hôtesse d'accueil se tenaient debout à côté de son fauteuil.

— Excusez-moi, monsieur, mais cette dame…

— Vous possédez quelque chose dont j'ai absolument besoin, déclara la jeune femme blonde d'une voix tranchante et un peu rauque.

— Vraiment ? répondit Draco, en haussant un sourcil.

Elle rougit, visiblement décontenancée par le ton d'ironie délibérée qu'il avait employé. Il n'était pas trop sûr d'ailleurs de savoir lui-même pourquoi, peut-être simplement parce qu'il était fatigué et exaspéré. Et puis cette fille l'agaçait, avec ses grands airs.

— Oui. Vous avez réservé deux sièges sur le vol 630 pour Rome. En première classe.

Draco referma son portable et se leva lentement, en la fixant droit dans les yeux. Elle était grande, surtout juchée sur ces talons ridicules, mais avec son mètre quatre-vingt-cinq, il pouvait la toiser, ravi qu'elle doive lever la tête pour le regarder.

— Et alors ?

— Et alors, il me faut un de ces sièges. J'y tiens absolument.

Draco laissa s'écouler quelques secondes avant de se tourner vers l'hôtesse.

— Est-il dans les habitudes de votre compagnie de discuter avec n'importe qui des dispositions prises pour son voyage par un de vos passagers ? demanda-t-il froidement.

La jeune employée rougit violemment.

— Certainement pas, monsieur. Je ne comprends d'ailleurs pas comment cette dame a pu apprendre que…

— Au moment de l'embarquement, j'ai demandé à être surclassée, l'interrompit l'inconnue. L'employée m'a dit qu'il n'y avait plus de place en première, et, comme vous n'étiez pas très loin, elle vous a désigné en disant : « Je viens justement de vendre les deux derniers billets à ce monsieur. » Comme je lui faisais remarquer que vous n'aviez pas l'air d'être accompagné, elle m'a confirmé que vous voyagiez seul, et je vous ai suivi jusqu'ici, sans être absolument certaine que vous étiez bien celui qu'elle m'avait montré…

Draco l'arrêta de la main.

— Je ne suis pas sûr de saisir. A vous entendre, vous avez harcelé cette femme jusqu'à ce qu'elle…

— Je ne l'ai pas harcelée. Je lui ai simplement demandé…

— Et maintenant, vous vous en prenez à cette employée…

— Je ne m'en prends à personne, s'exclama la jeune femme, excédée. Il se trouve simplement qu'il me faut une de vos places.

— « Il me faut » ? Qu'est-ce que cela veut dire ?

— Vous ne pouvez occuper en même temps ces deux places.

Elle était trop sûre d'elle, trop convaincue qu'elle y avait droit. Savait-elle seulement qu'en ce bas monde rien n'était acquis pour personne ?

— Et pour quelle raison vous faut-il cette place ? s'enquit-il d'un air amusé.

— Parce que seuls les sièges de première sont équipés d'une prise pour portable, répondit-elle en lui lançant un regard peu amène.

— Ah ! Vous vous déplacez avec votre portable.

— Evidemment.

— Et alors ? Vous êtes accro au Solitaire ?

— Accro au… ?

— Au Solitaire. Vous savez, le jeu de cartes.

Elle le fixa d'un air si méprisant qu'il faillit éclater

de rire. Or, depuis ce maudit appel qu'il avait reçu en pleine nuit, il n'avait guère eu l'occasion de se réjouir.

— Non, répondit-elle froidement. Je ne suis pas accro au Solitaire.

— Dans ce cas, à quel jeu ?

Sagement, l'hôtesse recula d'un pas tandis que la jeune femme blonde s'approchait de Draco. Celui-ci constata que ses yeux étaient d'un bleu profond.

— Je suis en voyage d'affaires, articula-t-elle d'un air hautain. Un voyage décidé à la dernière minute. Je dois assister à une réunion très importante.

Cette fois, ce fut son intonation qui lui parut intéressante.

Il n'avait pas eu le temps de se raser et s'était contenté de prendre une douche et d'enfiler un jean délavé et une chemise bleu pâle dont il avait relevé les manches. Il portait une vieille paire de mocassins, très confortables, et au poignet, la montre qu'il s'était achetée après avoir gagné son premier million d'euros, une Patek Phillipe.

Celle qu'il portait avant celle-ci, bien des années plus tôt, il l'avait volée ; et dans un accès de culpabilité juvénile, il l'avait par la suite jetée dans le Tibre.

En d'autres termes, il était vêtu de façon décontractée, mais néanmoins coûteuse, ce qui ne pouvait échapper à une femme engoncée dans un tailleur Armani. Pas plus que le fait qu'il ait réservé deux places pour lui seul. Elle avait donc dû le classer dans la catégorie « plein d'argent, plein de temps à perdre, et aucun but dans l'existence ». Alors qu'elle se considérait elle-même comme un capitaine d'industrie, si tant est qu'il puisse en exister dans la gent féminine.

— Vous comprenez pourquoi il est si important pour moi d'avoir cette place ?

— Parfaitement, dit-il en hochant la tête. Parce qu'il vous la faut.

— En quoi cela vous gêne-t-il puisqu'elle est libre ?

— Elle ne l'est pas.

— Vous voulez dire que quelqu'un va venir l'occuper ?

— Absolument pas.

Il vit qu'elle hésitait, pour la première fois depuis qu'elle s'était adressée à lui, ce qui lui donnait un air presque vulnérable. Soudain, ce n'était plus un robot, mais une femme.

Il se sentit hésiter lui aussi.

S'il avait réservé deux places, c'était pour préserver son intimité. Personne pour le distraire pendant qu'il réfléchirait à la manière dont il allait résoudre le problème qui l'attendait. Personne pour tenter d'engager la conversation.

Il n'était pas d'humeur. Et pour tout dire, il était rarement d'humeur à partager son espace vital avec des étrangers.

Pourtant, il aurait pu faire un effort. Certes, il n'aimait pas cette femme, mais il détenait la solution à son problème. Il pouvait encore répondre : « *Va bene, signorina.* Vous pouvez vous installer à côté de moi. »

— Personnellement, lança-t-elle d'une voix tremblante de rage, je trouve dégoûtant qu'un homme se croie tout permis parce qu'il se prend pour un être supérieur.

L'hôtesse, qui s'était discrètement écartée, laissa échapper un gémissement.

Draco serra les poings. « Si seulement tu étais un homme... », pensa-t-il.

Mais elle n'était pas un homme, et il adopta donc le seul comportement acceptable : il se leva pour sortir du salon. Après avoir éteint son portable, il le rangea dans sa sacoche qu'il prit à l'épaule. Puis il fit un pas en avant. La jeune femme fit un pas en arrière. Son visage était d'une pâleur de cendre. Maintenant, elle avait peur. Elle comprenait qu'elle était allée trop loin.

Parfait, se dit-il, tout en reconnaissant qu'il était lui aussi allé un peu trop loin.

— Vous auriez très bien pu me dire gentiment : « J'ai un problème et je vous serais reconnaissante d'accepter de m'aider à le résoudre », lui dit-il sur le ton qu'il réservait aux adversaires à qui il avait réussi à faire rendre gorge.

Les joues de la jeune femme devinrent rouges.

— Mais c'est ce que j'ai fait.

— Pas du tout. Vous avez dit : « Il me faut cette place. » Vous avez cherché à m'imposer votre volonté. Malheureusement pour vous, *signorina*, ce n'était pas la bonne méthode. Qu'il vous faille cette place ou pas, vous ne l'aurez pas.

A présent, elle le regardait bouche bée.

Mais Draco se dirigeait déjà vers la porte, pressé d'en finir.

Et soudain, il l'entendit rire.

Il n'y avait qu'une seule façon de réagir : il revint vers elle en la toisant d'un regard glacial. Aussitôt, elle cessa de rire et fit un pas en arrière. Trop tard.

Du bout du doigt, il lui effleura les lèvres.

— Peut-être, murmura-t-il, si vous m'aviez offert quelque chose d'intéressant en échange...

Il la prit dans ses bras, la plaqua contre lui et posa sa bouche sur la sienne comme s'il en avait le droit, comme s'il était un empereur romain, du temps où Rome gouvernait le monde.

Il entendit son cri étouffé. Suivi par une exclamation de surprise de la part de l'hôtesse. Et puis, il n'entendit plus rien, que son cœur qui battait à se rompre. Il sentait contre la sienne le goût sensuel de sa bouche brûlante.

Soudain, elle le frappa. Un coup de poing d'une puissance étonnante au creux de l'estomac. En relevant la tête, Draco croisa son regard plein de rage.

— Bon voyage, *signorina*, murmura-t-il, avant de se diriger vers la porte du salon, qui se referma derrière lui.

2.

Figée sur place, Anna Orsini regretta d'avoir frappé ce salaud sexiste à l'estomac et non pas au point précis où, comme tous les autres hommes, il situait sans doute sa virilité.

Puis elle se baissa pour ramasser ses bagages qui avaient glissé à terre et sortit. Bientôt, elle se retrouva dans le hall bondé, en proie à une telle fureur que ses jambes avaient du mal à la porter.

L'abominable macho.

Au lieu de se contenter de le frapper, elle aurait dû appeler la police. Le faire arrêter. L'accuser de l'avoir sexuellement agressée…

Bon. Un baiser n'était quand même pas une agression sexuelle. Mais c'était sûrement un délit, non ? Pourtant, à en juger par ce qu'elle avait ressenti, ce n'était pas non plus un simple baiser…

Cette bouche chaude et ferme… Le contact de ce corps puissant contre le sien… Ce bras musclé qui l'avait enveloppée de façon si possessive, comme si elle lui appartenait…

Un frisson la parcourut. La rage qu'elle ressentait encore à cette évocation sans doute. Un simple coup de poing… Ce n'était vraiment pas cher payé !

Pliant sous le poids de sa valise et de sa sacoche,

elle chercha des yeux le portail d'embarquement. Ses pieds lui faisaient mal. Pourquoi n'avait-elle pas changé de chaussures dès sa sortie du tribunal ? Evidemment, pour plaider, elle devait porter l'uniforme de rigueur, tailleur et talons hauts, qu'elle avait adopté pour mieux contrer les procureurs méprisants, convaincus qu'une femme serait plus facile à circonvenir, surtout quand elle s'appelait Orsini.

Toujours est-il que ces chaussures n'étaient pas idéales pour arpenter un aéroport. Où pouvait bien se trouver ce portail d'embarquement ? Dans la direction opposée, évidemment. Elle tourna les talons et se mit à courir aussi vite qu'elle le pouvait. Lorsqu'elle atteignit enfin la bonne porte, elle se rendit compte que l'embarquement avait commencé. En sueur, les cheveux en bataille, elle rejoignit la file de passagers, et posa sa valise pour en sortir la carte d'embarquement qu'elle avait glissée dans une poche. Son siège était complètement à l'arrière, et, à en croire la voix haut perchée de l'hôtesse, les passagers de cette zone avaient déjà embarqué.

La cerise sur le gâteau ! En retard comme elle l'était, les casiers les plus proches seraient déjà pleins à craquer quand elle réussirait à les atteindre.

« Merci, M. le Macho ! »

La queue où se trouvait Anna avançait à une vitesse d'escargot, mais cet homme insupportable, lui, n'aurait pas ce problème : en première classe, on avait autant de rangements qu'on voulait, et en ce moment, il devait être en train de déguster un verre de vin, servi par une hôtesse qui le couvait du regard d'un air béat. Car c'était bien le genre d'homme à attirer ce genre d'admiration de la part des femmes.

Grand. Brun avec de grands yeux sombres ombrés de longs cils. Mâchoire carrée. Un visage de jeune empereur romain, un corps d'athlète, et l'assurance qui allait avec.

Tout comme le droit de bénéficier d'une prise pour son ordinateur.

Elle respira un grand coup. Il fallait qu'elle se concentre. Qu'elle essaie de se souvenir de ce que racontaient les feuillets jaunis par le temps que son père lui avait remis.

En fait, elle ne les avait pas vraiment lus. Elle y avait simplement jeté un coup d'œil avant de les scanner, vu que les plus anciens étaient écrits à la main. En italien. Or, son vocabulaire dans cette langue n'allait guère plus loin que *ciao, va bene* et quelques mots appris pendant son enfance.

Si seulement elle avait eu le temps de prendre un billet en première classe pour pouvoir lire tout ça ! Après tout, c'était son père qui l'avait poussée à se lancer dans cette folle aventure. Pour lui, ce coûteux billet n'aurait été qu'une broutille. Contrairement à elle. Quand on défend des gens sans moyens, on ne peut pas se permettre de voyager confortablement, ce qui d'ailleurs ne lui était arrivé qu'une fois : lorsqu'elle avait terminé ses études d'avocate, ses frères lui avaient offert un séjour de deux semaines à Paris.

— Vous êtes complètement fous ! avait-elle balbutié, au bord des larmes, en serrant successivement contre son cœur Rafe, Dante, Falco et Nicolo.

En fait, ce voyage, c'est dans leur jet privé qu'elle l'avait accompli. Un vol extrêmement confortable…

— Votre carte d'embarquement, s'il vous plaît…, demanda l'hôtesse de sa voix allègre et suraiguë. Merci.

Anna lui jeta un regard noir. La perspective de passer sept heures serrée comme une sardine dans sa boîte était loin de l'emplir d'allégresse. Mais elle allait devoir faire avec. Et trouver le moyen de lire son dossier.

Enfin, elle atteignit le seuil de l'avion où elle fut gratifiée d'un « *Buonanotte* » assorti d'un large sourire par une hôtesse qui paraissait sortir des pages beauté d'un magazine. Contrairement à Anna, qui avait l'impression de n'avoir pas dormi depuis plusieurs jours, sans même parler de coiffure ou de maquillage. Depuis que son père s'était déchargé sur elle de son problème, vingt-quatre heures plus tôt, elle n'avait guère eu le temps de penser à tout ça : après avoir prononcé une conférence prévue depuis des mois devant un parterre d'étudiants en droit à l'université de Columbia, qu'elle avait elle-même fréquentée, elle avait dû assister à deux interminables réunions. Puis elle était passée au tribunal avant de prendre un taxi, qui avait traversé les embouteillages pour la conduire à l'aéroport. Là, elle avait appris que son vol était retardé, qu'elle ne pourrait pas être surclassée, qu'elle arriverait donc à Rome sans avoir pu se reposer un seul instant. Et enfin, cette stupide altercation avec cet homme…

Soudain, elle l'aperçut.

L'avion était un de ces anciens modèles dans lesquels, pour accéder à la classe économique, on doit traverser la première classe et la classe affaires. Il trônait donc là, sur le siège 5A, bras croisés, jambes négligemment étendues en direction du 5B odieusement vide, à côté de lui.

Anna serra les dents.

Elle aurait bien voulu lui dire ce qu'elle pensait de lui, et de tous les hommes qui se prenaient pour les rois du monde et croyaient avoir toutes les femmes à leurs pieds, mais elle avait déjà essayé et ça n'avait pas vraiment marché.

Comme s'il l'avait entendue penser, il leva soudain la tête et la fixa droit dans les yeux. Puis son regard descendit lentement vers la bouche d'Anna, et il lui sourit.

Un sourire qui voulait dire : « Tu te souviens ? Tu te souviens de ce baiser ? »

Anna se sentit rougir violemment.

Ce sourire arrogant, si typiquement masculin, elle aurait voulu le balayer de son visage d'un revers de main.

Mais pas question. Elle détourna la tête et continua sa traversée jusqu'en classe économique Mais elle dut bientôt s'immobiliser : comme d'habitude, il n'y avait pas assez de place dans les casiers et les gens bloquaient la travée en essayant tant bien que mal de ranger leurs affaires.

Elle finit par atteindre son siège et ne fut pas surprise de découvrir que le casier correspondant était déjà plein. Après avoir réussi à placer sa valise, quatre rangs plus loin, elle joua des coudes pour remonter la queue, tel un saumon nageant à contre-courant.

L'homme placé contre le hublot ressemblait fâcheusement à Hannibal le Cannibale, et la femme assise de l'autre côté du siège vacant semblait décidée à tousser de façon continue.

— Excusez-moi, dit-elle en s'insinuant dans l'étroit espace, en essayant de ne pas penser au fait qu'elle allait devoir partager sa place avec la cuisse droite d'Hannibal.

Après avoir casé sa sacoche sous le siège de devant, elle croisa les bras, épuisée. La nuit allait être longue.

Dès que l'avion eut atteint une altitude de 30 000 pieds et que l'autorisation eut été donnée d'utiliser du matériel électronique, Anna alluma son portable. L'ordinateur se mit à bourdonner — à moins que ce ne fût la dame assise à côté d'elle.

L'écran s'illumina et, sans perdre de temps, elle cliqua sur le dossier pour ouvrir le document le plus récent, une lettre adressée à son père par le prince Draco Marcellus Valenti. Un nom qui lui arracha une grimace de dégoût.

Tout comme la lettre elle-même qui lui parut aussi conventionnelle et ridicule que le nom et le titre, aussi ampoulée que si elle avait été écrite par un vieux précepteur prétentieux du XVIIe siècle.

Rien qu'à la lire, elle imaginait parfaitement l'allure du prince. Un vieillard décati avec une couronne de cheveux blancs. Des oreilles velues, des mains tachées crispées sur une canne. Complètement coupé de la vraie vie et du monde moderne.

Elle sourit. Voilà qui commençait à être intéressant. Anna contre l'aristocrate. Un bon titre de film…

Son portable laissa échapper un couinement. Puis l'écran devint tout noir.

— Non, gémit-elle. Non !

— On dirait que votre batterie donne des signes de faiblesse, déclara Hannibal avec entrain.

Anna lui décocha un regard peu amène. Pour qui se prenait-il, celui-là aussi ? Hélas, il ne faisait que constater l'évidence. A quoi bon déverser sur lui sa colère ?

Elle secoua la tête.

Evidemment, l'incident du salon VIP, tout à l'heure, l'avait profondément irritée. Mais, même avant cela, elle était d'une humeur massacrante…

Tout avait commencé le dimanche précédent, après un déjeuner chez les Orsini, dans Little Italy. Sa mère l'avait appelée la semaine d'avant pour l'y convier.

— Je ne peux pas, maman, avait répondu Anna, j'ai déjà un rendez-vous.

— Ça fait des semaines que tu n'es pas venue, avait protesté Sofia sur un ton qui avait suffi à ramener Anna à son enfance. Tu trouves toujours une bonne excuse.

Elle avait alors accepté en soupirant.

Après le repas, son père avait insisté pour la raccompagner, mais il s'était arrêté net devant la porte de son bureau.

— J'ai un mot à te dire, Anna, déclara-t-il en faisant signe à Freddo, son *capo* omniprésent, de l'attendre dehors.

A contrecœur, elle le suivit dans le bureau. Après s'être assis derrière la table de bois massif, il lui désigna la chaise en face de lui. Puis il la fixa pendant un long moment, avant de déclarer :

— J'ai une faveur à te demander, Anna.

— Quel genre ?

— Du genre très important.

Une faveur ? De la part d'un père qu'elle feignait de respecter pour faire plaisir à sa mère, mais qu'elle méprisait en réalité ? Un criminel. Le parrain de la *famiglia* redoutée de la côte Est.

Cesare ignorait qu'Anna et sa sœur, Isabella, l'avaient démasqué quand elles avaient respectivement quatorze et treize ans. Anna ne se rappelait plus très bien comment. Peut-être en lisant un journal. Peut-être parce qu'elle avait brusquement pris conscience de ce que chuchotaient les autres filles, à l'école.

Ou peut-être en s'apercevant que leurs grands frères, Rafe, Dante, Falco et Nicolo, qui s'étaient lancés seuls dans les affaires, parlaient de Cesare avec colère et dédain quand ils pensaient que leur mère et leurs sœurs ne les écoutaient pas.

Peu importait, au fond. Anna savait qu'un jour sa sœur et elle avaient fini par comprendre que leur père n'était pas un homme d'affaires comme les autres. C'était un gangster.

A cause de leur mère, elles avaient fait comme si de rien n'était, comme s'il n'avait pas de sang sur les mains, mais, ces derniers temps, cela devenait de plus en plus difficile. Surtout pour Anna.

Et cet homme lui demandait une faveur ? Pas question.

— Je suis très occupée en ce moment, père. Je ne…

D'un geste impérieux, il lui fit signe de se taire.

— Soyons sincères, pour une fois. Cela fait longtemps que je sais ce que tu penses de moi. Tu peux peut-être tromper ta mère et tes frères, mais pas moi.

— Dans ce cas, répondit froidement Anna en se levant, je ne suis pas la bonne personne à qui demander « une faveur ».

— Tu es la bonne personne, et même la seule. Tu es ma fille et tu me ressembles davantage que tu n'es prête à le reconnaître.

— Absolument pas. Moi, je respecte la loi et la justice, quoi qu'il m'en coûte.

— Moi aussi. Mais nos approches sont différentes.

Anna éclata d'un rire amer.

— Au revoir, père.

— Anna, *per favore,* écoute-moi.

En entendant ce *per favore,* elle se rassit à contre cœur.

— Je désire que justice soit rendue, *mia figlia.* A ta façon, pas à la mienne : selon la loi. Car tu as étudié le droit et mon sang coule dans tes veines.

— Que je sois ta fille, je ne peux rien y faire, rétorqua-t-elle d'un ton glacial. Et s'il te faut un avocat, tu en as sans doute une demi-douzaine à ton service.

— Il s'agit d'un problème personnel qui concerne toute la famille : ta mère, tes frères, ta sœur et toi.

Anna faillit répondre qu'elle s'en moquait, mais Cesare avait piqué sa curiosité. Aux yeux de son père, sa vraie famille n'avait jamais compté autant que sa « famille » mafieuse. Comment avait-il pu brusquement changer ?

— Je te donne cinq minutes pour m'expliquer de quoi il s'agit, pas une de plus.

Il sortit d'un tiroir une liasse de documents, qu'il

posa sur son bureau. Des documents dont la plupart semblaient jaunis par le temps.

Malgré elle, Anna sentit sa curiosité redoubler.

— Des lettres, des assignations en justice, des actes notariés. Vieux pour certains de plusieurs siècles. Ils appartiennent à ta mère, à sa famille. Et ils concernent un bien qui lui revient de droit.

— Je t'écoute, dit Anna en croisant les bras.

Son père lui raconta alors une histoire de rois, de lâches, d'envahisseurs et de paysans, une histoire compliquée qui s'était déroulée des siècles auparavant, concernant une terre qui aurait appartenu à sa mère jusqu'à ce qu'un prince de la famille Valenti ne vienne s'en emparer.

— Cela remonte à quand exactement ?

— Qui peut le dire ?

— Et depuis quand cela te concerne-t-il ?

— Depuis que j'ai appris que le prince actuel avait l'intention de faire des aménagements sur la propriété de ta mère.

— Comment es-tu au courant ?

— J'ai gardé des relations très étroites avec la Sicile.

Sur ce point, elle savait qu'il ne mentait pas…

— Et qu'est-ce que tu as fait ?

— J'ai pris contact avec cet homme, ce prince, et je lui ai signifié qu'il n'avait aucun droit sur cette terre. Ce qu'il conteste.

— Quand un événement s'est produit il y a si longtemps, il est bien difficile de prouver quoi que ce soit.

— Il est difficile de prouver quoi que ce soit quand un prince s'oppose à ce que la justice soit rétablie.

— Tu as raison, et cette histoire n'est pas sans

intérêt, père, mais je ne vois pas en quoi elle me concerne. Tu ferais mieux de contacter un cabinet d'avocats italien. Sicilien, même. Et…

— Tout le monde tremble devant ce prince. Draco Valenti est extrêmement riche et puissant.

— Et toi, tu n'es qu'un pauvre paysan…

— Tu plaisantes, mais c'est la vérité. Quels que soient les biens que j'ai accumulés et le pouvoir dont je dispose, en face d'un homme comme le prince c'est exactement ce que je suis.

— Dans ce cas, la partie est perdue d'avance, conclut Anna avec un haussement d'épaules.

— Non. Parce que je possède quelque chose que le prince n'a pas.

— Du sang sur les mains, peut-être ? suggéra-t-elle avec un sourire glacial.

— Pas plus que lui, je te le garantis. Mais moi, j'ai une fille. Tu ris ? Tu crois que je plaisante ? Pas du tout. Ses avocats à lui sont intelligents et astucieux. Il les paie bien. Mais toi, ma fille… tu y crois.

— Pardon ?

— Tu as toujours été la première de ta classe. Tu as publié des articles dans des revues de droit. Et tu as refusé les offres des plus grands cabinets juridiques de Manhattan pour plaider les causes dont les autres ne veulent pas. Et tout ça pourquoi ? Parce que tu crois à la justice et aux droits de tous, pas seulement pour ceux qui sont nés avec un titre de prince ou de roi.

Ces paroles touchèrent Anna. Oui, il avait raison, elle y croyait vraiment, et même si elle n'avait pas envie de l'admettre, cela lui réchauffait le cœur de savoir que son père était fier d'elle. Et parce que ce sentiment la déstabilisait, elle fit mine d'applaudir en silence.

— Quelle performance ! dit-elle en se levant pour se diriger vers la porte. Si tu abandonnes le crime, tu pourrais envisager de faire carrière au théâ…

— Anna !

— Quoi, encore ?

— Je ne suis peut-être pas le père que tu aurais voulu ou mérité, mais je t'ai toujours aimée. Es-tu donc certaine, tout au fond de toi, de ne pas me rendre cet amour ?

Des mots simples, mais qui changeaient tout. Elle avait honte de le reconnaître, mais il avait raison. Enfouie au plus profond de son cœur, il y avait une fille de quatorze ans, innocente et douce, qui aimait ce père qu'elle croyait connaître…

Elle revint lentement sur ses pas, se rassit en face de lui et écouta la suite de l'histoire : pour récupérer la propriété, Cesare avait envoyé au prince Valenti des lettres qui étaient restées sans réponse. Il avait alors pris contact avec des avocats, en Sicile où se situait le litige, et à Rome où résidait le prince.

Personne n'avait voulu s'en mêler.

— Nous ne pouvons laisser ce Valenti se moquer de nous sous prétexte que son sang serait supérieur au nôtre. Tu dois comprendre ça, Anna.

Effectivement, elle comprenait. Et rien ne lui plairait davantage que de montrer à un puissant qu'il ne pouvait pas toujours gagner.

— Ne le fais pas pour moi. Fais-le pour la justice, et pour ta mère…

*
**

Et maintenant, inconfortablement installée dans cet avion qui l'emportait vers l'Italie, Anna se demandait pour la centième fois si elle ne s'était pas fait avoir.

Elle soupira. En fait, elle connaissait la réponse.

Son père avait raison. Elle avait horreur de voir les riches et les puissants piétiner les pauvres et les faibles. Evidemment, personne n'aurait songé à qualifier son père de pauvre ou de faible. Mais sa mère, dont les Valenti avaient usurpé les terres ?

Elle allait donc tenir sa promesse et rencontrer ce prince italien. Il était dommage qu'elle n'ait pas pu préparer cet entretien, mais son père avait raison : elle était une excellente juriste et une bonne négociatrice. Même si elle ne connaissait pas tous les détails de cette affaire, elle réussirait.

Ce prince, ce Draco Marcellus Valenti, devait être un anachronisme incarné, confiné dans un passé révolu, à l'écart du monde du XXIe siècle.

Tout comme cet homme du salon VIP qui se prenait pour le maître de l'univers…

Un homme au physique de séducteur qui devait faire craquer la plupart des femmes. Mais pas elle. Même si elle avait du mal à oublier la sensation de sa bouche sur la sienne, de ses bras serrant son corps. Comme si ce baiser l'avait rendue plus… vivante.

Ridicule ! S'il l'avait embrassée, c'était pour lui montrer que c'était lui qui avait le pouvoir.

L'avait-il impressionnée ? Hum… Elle se cala dans son siège et ferma les yeux. Qu'avait-il donc de si attirant ? Sa voix basse et profonde ? Ses yeux bruns pailletés d'or et bordés de longs cils ? Ses traits semblables à ceux d'une statue antique ? Son corps mince et musclé ? Dans ses bras, elle s'était soudain sentie fragile, ce qui en disait long venant d'une femme qui mesurait un bon mètre soixante-dix…

Et puis, la façon dont il l'avait embrassée… Comme s'il avait le pouvoir de la posséder, de lui imprimer sa marque, oui, comme si elle lui appartenait.

Elle frissonna. Et si, au lieu de le frapper, elle avait noué les bras autour de son cou ? Si elle avait entrouvert les lèvres ? Lui aurait-il dit : « Oublions cet avion. Viens avec moi. Je vais t'emmener dans un lieu où je pourrai te déshabiller et te murmurer à l'oreille des mots qui … » ?

Elle laissa échapper un imperceptible gémissement. Elle avait presque l'impression de vivre cette scène. Des baisers sans fin. Des caresses. Et puis, il la prendrait. Elle avait déjà connu des hommes. Le sexe était un plaisir partagé, mais cette fois ce serait … différent, elle le sentait. Il la ferait gémir, pleurer de plaisir…

— *Signorina ?*

Pleurer de plaisir…

— *Signorina ?* Excusez-moi de vous déranger.

Elle ouvrit les yeux. C'était lui. L'homme du salon VIP. L'homme qui l'avait embrassée. Celui dont elle sentait encore le baiser sur ses lèvres.

Il se tenait à hauteur de son siège dans l'allée et la fixait avec un sourire si irrésistible qu'elle en eut le souffle coupé.

3.

Draco vit Anna ouvrir lès yeux. Ils étaient bleus, comme dans son souvenir, et comme les mers de Sicile. Comme les myosotis qui s'ouvraient à la caresse du soleil, sur la falaise sicilienne qu'il aimait tant. Là où s'élevait l'édifice auquel il voulait rendre sa splendeur passée.

Elle ouvrit la bouche, une bouche charmante, rose et tendre, adorable. Il fronça les sourcils. Et alors ? Qu'importait la couleur de sa bouche, de ses yeux ? En ce qui le concernait, elle aurait tout aussi bien pu ressembler à la sorcière de *Hansel et Gretel*. La décision qu'il venait de prendre n'avait rien à voir avec tout ça.

Un être incapable de voir au-delà de son ego ne méritait pas d'être riche. Cela, il l'avait appris dès l'enfance, en observant les hommes de pouvoir, infatués de leur importance, qui piétinaient les autres sans scrupules.

Tout à l'heure, lorsqu'on avait annoncé qu'il était désormais possible d'utiliser en cabine du matériel électronique, il avait repoussé son verre de bourgogne, décliné le menu que lui tendait l'hôtesse et branché son portable…

Et il avait repensé à cette fille… Avec son attitude

arrogante, elle l'avait mis en rage. Mais que dire de son propre comportement ? Alors, au bout d'une demi-heure d'une introspection qui aurait étonné ceux qui pensaient qu'il n'avait pas d'états d'âme, il avait admis qu'il avait exagéré.

Après tout, la première classe offrait un confort acceptable, même si cela n'avait rien à voir avec celui de son jet privé. Il avait beau avoir de grandes jambes et de larges épaules, les dimensions de son siège étaient correctes et auraient pu lui suffire. Quant au fait qu'il n'avait pas envie de se trouver soumis à un bavardage incessant… Eh bien, si cette jeune femme blonde désirait tant ce siège, c'était précisément pour travailler. Elle se tiendrait tranquille. Et lui aussi. Donc, pas de problème.

En fait, il était fatigué, et de mauvaise humeur. Et elle, visiblement désespérée, aux abois. Rien d'étonnant à ce qu'ils se soient enflammés à la première étincelle.

Il s'était levé et s'était dirigé vers l'arrière.

— Puis-je faire quelque chose pour vous, Votre Altesse ? s'était enquise l'hôtesse.

— Oui. Cesser de m'appeler « Votre Altesse », avait-il répondu avec un petit sourire en passant devant elle.

Très vite, il avait repéré la chevelure d'un blond éclatant. Il souriait déjà en pensant à la satisfaction qu'elle allait éprouver en le voyant…

Mais était-ce bien le cas ?

Elle le fixait comme on fixe une apparition. Apparemment muette de stupéfaction, ce qui n'avait pas dû lui arriver souvent… Sauf quand il l'avait embrassée, bien sûr.

— Désolé de vous avoir réveillée, dit-il poliment.

Elle se redressa dans son siège et tira sur sa jupe qui lui était remontée à mi-cuisses.

— Je ne dormais pas.

Effectivement, songea-t-il. Qui aurait pu dormir, coincé entre une femme de toute évidence fort enrhumée et un homme qui ressemblait à un inquiétant personnage de film qu'il avait du mal à situer ?

— Que faites-vous là ? ajouta-t-elle.

Il toussota. Ce n'est pas tout à fait comme ça qu'il avait imaginé les choses.

— Je… J'ai changé d'avis.

— A quel sujet ?

Dio ! Elle n'allait quand même pas se mettre à faire des difficultés ?

— Au sujet de la place. Si vous la voulez, elle est à vous.

— Que signifie ce revirement ? s'enquit-elle sur un ton plein de défi.

Cherchait-elle à s'attirer la sympathie de ses deux voisins, qui suivaient maintenant leur échange avec un intérêt non dissimulé ?

— Dans un moment d'égarement, j'ai pensé que vous seriez toujours intéressée par ma place en première. Mais j'ai dû me tromper.

Draco repartit vers l'avant de l'appareil.

— Attendez !

Il s'arrêta, croisa les bras et se retourna.

La jeune femme s'avançait vers lui, sa sacoche à l'épaule. En la voyant, il faillit laisser échapper un petit rire nerveux. Son sac encombrant donnait à sa veste une allure que Giorgio Armani n'aurait certainement pas appréciée. Ses cheveux en désordre s'échappaient de la barrette qui était censée les maîtriser. Et elle tenait à la main une de ses chaussures aux talons vertigineux, qu'elle avait visiblement perdue dans sa hâte à se lancer à sa poursuite.

— Oui ?

— Je… Je…

— Vous quoi ?

Anna plissa les lèvres. Quand on s'est trompé, comment fait-on pour le reconnaître ? Non qu'elle eût changé d'avis sur cet homme ; c'était bien un être égocentrique, froid et arrogant. Mais ce n'était pas une raison pour rejeter son offre. Peu importaient le motif de cet étrange revirement et la perspective peu attrayante de l'avoir pour voisin durant tout le voyage. Comment résister à l'occasion de brancher enfin son portable et d'échapper à ses deux voisins ?

— J'attends, déclara-t-il avec un accent qui semblait plus prononcé.

— J… J'accepte vos excuses.

Il éclata de rire, et Anna s'aperçut en rougissant que leur petite conversation semblait intéresser tous les passagers, quelques secondes plus tôt plongés dans la lecture de livres et de magazines.

— Je ne vous ai pas présenté d'excuses et je n'ai pas l'intention de le faire. Je vous ai simplement offert une place à côté de la mienne. Celle que vous m'avez supplié de vous céder il y a moins d'une heure.

— Jamais je ne vous ai supplié et je n'ai pas l'intention de le faire. Je… Je…

Elle se tut, sans savoir où poser son regard : sur le visage séduisant de l'inconnu, ou sur le public qui ne perdait pas une miette de leur dialogue ?

— Vous êtes un monstre, murmura-t-elle d'une voix tremblante.

— J'en déduis que vous acceptez mon offre, dit-il en tournant les talons pour remonter l'allée.

Anna prit la décision qui lui paraissait leplus raisonnable et le suivit vers l'avant de l'avion.

Une heure plus tard, elle éteignit son portable et le rangea dans sa sacoche. Elle avait terminé l'étude du dossier. Lu des pages et des pages en prenant des notes, sans pour autant parvenir à se faire une idée claire de la situation.

Une seule chose était évidente : au fin fond de la Sicile se trouvait une propriété, qui appartenait soit à sa mère soit au prince. Aucun des papiers qu'elle avait consultés ne constituait un titre de propriété, ni dans un sens ni dans l'autre. A moins que les documents rédigés en italien ne disent quelque chose de différent, ceux qu'elle avait lus prouvaient simplement que son père avait envoyé au prince plusieurs lettres. Mais celui-ci n'avait expédié qu'une seule réponse, rédigée par un secrétaire sur une épaisse feuille de vélin et qu'on aurait pu résumer par : « Allez au diable. »

Comment son père pouvait-il être à ce point convaincu que la famille Valenti avait dérobé la terre en question ? se demanda Anna, épuisée. Elle ne savait pas grand-chose de ce pays, mais il était clair que les paysans n'y discutaient pas avec les princes. Elle soupira. Compte tenu du peu qu'elle avait appris de la consultation de tous ces documents, elle aurait tout aussi bien pu rester en classe économique, sans ouvrir son ordinateur.

Et sans se retrouver assise près de cet homme.

Elle lui jeta un regard à la dérobée. Depuis qu'elle s'était installée près de lui, il ne lui avait pas adressé un mot ni même jeté un coup d'œil. Lui aussi, il semblait concentré sur le portable ouvert devant lui. Parfait. Enfin…

Maintenant qu'elle se sentait capable de l'observer plus calmement, elle devait reconnaître qu'il était très séduisant. Un visage viril aux traits magnifiquement ciselés. Un corps idéal. Des mains puissantes qui jouaient élégamment sur le clavier. Quand il l'avait enlacée, dans le salon VIP…

Elle frissonna. C'était de la pure folie. D'abord, il n'était pas son type ; ni elle le sien. Il devait aimer les femmes hyperféminines, dociles, faciles à satisfaire, du genre à accepter n'importe quoi pour lui faire plaisir.

Tout le contraire de ce qu'elle était.

« Pleine de piquants », c'est ainsi que l'avait qualifiée un type avec qui elle était sortie une fois ou deux. Un autre l'avait décrite comme « difficile ». Quant à ses frères, ils reconnaissaient fièrement qu'elle était « coriace ». Et elle l'était. Sinon, comment aurait-elle fait son chemin dans un monde dominé par les hommes, ou supporté de vivre dans une maison où sa mère marchait deux pas derrière son père ? Métaphoriquement, bien sûr…

Mais cet homme assis à côté d'elle ? Il lui avait rendu service, alors qu'elle…

Elle ne lui avait même pas dit merci. Ça ne l'aurait pourtant pas tuée. Il n'est jamais trop tard pour dire un mot gentil, prétendait sa sœur, Izzy. Bon. Elle avait beau ne pas être aussi douce que sa sœur, elle pouvait toujours essayer.

— Vous avez déjà terminé ?

Elle cligna des yeux. Il la regardait, un léger sourire aux lèvres.

— Vous avez pu utiliser votre portable comme vous le souhaitiez ?

— Cela n'a guère été productif.

— Pour moi non plus, dit-il en refermant son ordinateur. Je dois assister à une réunion qui sera certainement une pure perte de temps.

— C'est aussi mon cas. Vous n'avez pas horreur de ça ?

— Bien sûr que si. Rien de pire que de devoir discuter, tout en sachant que c'est vain.

— C'est vrai, soupira Anna. Ce qui me plairait, c'est d'arriver et de dire : « Cette réunion est absolument sans intérêt. Je rentre chez moi et si vous avez une once de bon sens, vous devriez en faire autant. »

— Mais il y a de fortes chances pour que la personne avec laquelle vous avez rendez-vous persiste à vouloir vous faire perdre votre temps.

— Tout à fait.

— Enfin, c'est la vie. Les choses ne tournent pas toujours comme on le voudrait.

— Non. En revanche, puis-je me permettre de vous remercier de m'avoir proposé ce siège ? J'aurais dû le faire auparavant, mais…

— Je trouve aussi.

— Hé ! Une seconde !

— Je plaisantais. C'est tout autant ma faute. Quand vous m'avez demandé cette place, je n'aurais pas dû réagir comme je l'ai fait. Disons que nous sommes quittes. Je vous ferai des excuses si vous m'en faites.

— Vous ne seriez pas juriste par hasard ? s'enquit Anna en riant.

— Mais non. Pourquoi me posez-vous cette question ?

— A cause de votre façon de parler.

— En fait, je suis un négociateur.

Comment mieux définir ce travail qui lui rapportait des millions de dollars ?

— Si nous faisions la paix ? proposa-t-il en lui tendant la main.

Anna la prit et sursauta. Comme si un courant électrique lui brûlait les doigts.

— Ce doit être un phénomène d'électricité statique, se hâta-t-elle d'expliquer.

— Certainement, fit-il de sa voix grave et un peu rauque.

Leurs regards se croisèrent, et Anna sentit son cœur se mettre à battre plus vite. « Je dois vraiment être très fatiguée », songea-t-elle.

— Désirez-vous consulter la carte des vins ? s'enquit d'une voix pétillante une hôtesse au sourire parfait.

— Nous prendrons du champagne, répondit l'inconnu, sans lui lâcher la main. A moins que vous ne préfériez autre chose ?

— Le champagne me convient tout à fait, déclara Anna.

Dire que, quelques instants plus tôt, elle l'avait trouvé arrogant…

Ils dégustèrent une coupe de champagne, et avec le dîner, délicieux, ils burent du vin rouge. La première classe n'avait pas que des inconvénients… Et se trouver à côté d'un bel étranger n'en était pas un non plus !

C'est lui qui avait passé commande. En temps normal, Anna ne l'aurait pas admis mais, ce soir, pourquoi pas ? Tout était tellement parfait, se dit-elle tandis qu'ils dînaient en bavardant agréablement de sujets futiles, comme le temps à New York et à Rome, ou les lieux où ils vivaient — lui à San Francisco avec vue sur la baie, elle à l'est de Manhattan.

Ils n'avaient toujours pas échangé leurs noms, mais cela ne les gênait pas. Elle trouvait même excitant de partager le dîner d'un homme qu'elle ne connaissait pas et qu'elle ne reverrait jamais tandis qu'un avion les emportait vers Rome, à mille kilomètres à l'heure. Tout paraissait possible.

Une fois la table desservie, on baissa les lumières.

— Vous avez froid ? s'enquit-il en la voyant frissonner.

— Pas du tout.

— Alors, vous devez être fatiguée. Je suis certain que pour vous, comme pour moi, la journée a été longue. Je vais baisser le dossier de mon siège. Faites-en autant.

— Vous ne demandez jamais à une femme ce dont elle a envie avant de décider à sa place ? s'enquit Anna en riant.

— Il y a des occasions où ce n'est pas nécessaire, dit-il en la fixant droit dans les yeux.

Elle se sentit soudain traversée par une onde brûlante.

« Tu ferais peut-être mieux de te lever et de regagner ta place à l'arrière. »

Mais elle n'en fit rien. Il se pencha sur elle et pressa le bouton de son siège qui s'étendit complètement.

— Fermez les yeux, *bellissima,* chuchota-t-il, et dormez bien.

Elle acquiesça. Au fond, il avait raison. Inutile de lui dire qu'elle n'avait encore jamais réussi à fermer l'œil en avion.

Quand elle se réveilla, la cabine était plongée dans une obscurité totale et une tiédeur confortable l'enveloppait. Une tiédeur au parfum très masculin.

Elle se trouvait dans les bras de l'inconnu, la tête sur son épaule et sous la même couverture. Au bruit de sa respiration, régulière et profonde, elle comprit qu'il dormait.

« Eloigne-toi de lui immédiatement ! » Mais au contraire, elle se blottit contre son cou, humant à pleins poumons son odeur fraîche et virile, légèrement musquée. Comme d'elle-même, sa main se leva et vint effleurer la mâchoire sexy, si bien dessinée.

La respiration de l'homme devint plus rapide. Tout comme les battements du cœur d'Anna.

— Hello, murmura-t-il.

— Hello…

Ses bras se refermèrent sur elle et, des lèvres, il lui effleura la paume de la main.

— Je rêvais justement que je vous tenais dans mes bras.

En proie à une excitation grandissante, elle se blottit contre lui. Et soudain, elle perçut toute la puissance de son érection. Quant à elle… Les pointes de ses seins étaient dures, et elle sentait une palpitation sourde entre ses cuisses…

Avec un gémissement, il se pencha vers elle et l'embrassa.

Puis il plongea les doigts dans ses cheveux avant

de murmurer une phrase en italien, des mots qu'elle ne comprit pas vraiment, mais dont le sens ne pouvait lui échapper. Dans la pénombre, elle devinait ses yeux sombres, et l'ossature de son visage.

— Tu joues avec le feu, *cara* !

— J'aime le feu…

— Moi aussi.

Sa voix était basse et rauque, aussi brûlante que sa peau. Elle l'attira à elle pour poser ses lèvres sur les siennes.

— J'ai envie de toi depuis des heures, chuchota-t-il. Depuis que je t'ai vue dans ce salon.

Elle aussi, elle le savait. C'était pour cela qu'elle s'était disputée avec lui, parce qu'elle le désirait. Elle gémit en sentant sa main se glisser sous sa veste pour caresser ses seins à travers la soie de son soutien-gorge. Elle poussa un cri qu'il étouffa d'un baiser, un long baiser profond et passionné.

Du pouce, il lui agaça la pointe du sein. Elle se cabra contre lui, se pressa contre sa main.

« Maintenant, oui, maintenant… »

Les lumières de la cabine se rallumèrent soudain.

— Mesdames et messieurs, le petit déjeuner va vous être servi dans quelques minutes.

Draco sentit la jeune femme se figer. Sous le choc, elle ouvrait des yeux hébétés. *Cristo*, lui-même avait du mal à reprendre ses esprits. Quant à ce qui avait failli se passer… Impossible. Il lui était déjà arrivé de faire l'amour dans son jet privé — c'était un des avantages d'en posséder un —, mais jamais dans un avion de ligne plein à craquer…

Il devait être fou pour avoir perdu à ce point le contrôle. Pourtant, il n'était pas homme à se laisser aller de cette façon aussi inexplicable qu'inacceptable.

— Ecartez-vous ! s'exclama la jeune femme, pâle comme un linge.

— Je ne…

— Vous êtes sourd ?

— Ecoutez, *bella*, je comprends que vous soyez…

— Vous allez me laisser, oui ou non ?

Draco serra les dents.

— Avec plaisir, du moment que vous êtes capable de vous contrôler, dit-il en la fixant droit dans les yeux. Vous l'êtes ?

— Evidemment.

Dans sa voix, il n'y avait plus la moindre panique. Il relâcha son étreinte. Un instant plus tard, elle avait rejeté la couverture. Elle se leva d'un bond.

— Ecoutez-moi bien…, commença-t-il.

Mais elle était déjà partie.

4.

Draco sortit de l'aéroport de Fiumicino, son téléphone plaqué contre l'oreille.

— Dites à votre patron que mon rendez-vous avec son représentant est reporté d'une heure. Comment ? Vous ne savez pas si vous allez pouvoir le joindre ? Eh bien, c'est votre problème, pas le mien.

— *Il mio principe !*

Sous les yeux intéressés des badauds, Draco leva la tête et aperçut son chauffeur qui l'attendait près de sa Maserati.

— *Buongiorno, il mio principe. Como è stato il vostro volo ?*

— Un véritable cauchemar. Et ne vous croyez pas obligé de faire profiter tout le monde de mon titre.

Le sourire de l'homme s'évanouit. Cela faisait deux semaines seulement que Draco l'avait engagé, et il essayait simplement de bien faire.

— *Mi dispiace*, reprit Draco d'une voix plus amène. Désolé, ce doit être la fatigue du voyage.

— Ne vous excusez pas, monsieur, c'est ma faute.

Le chauffeur rangea la valise dans le coffre et posa la main sur la poignée de la portière au moment même où Draco esquissait le même geste.

— *Scusi,* s'écria l'employé, horrifié. *Dio, signore, scusi...*

— Benno ! C'est bien votre nom, n'est-ce pas ?

— *Sì.* C'est mon nom, monsieur. Je vous présente...

— Ne vous excusez pas. Si on reprenait tout à zéro ? Vous me dites : « Bonjour. Comment s'est passé votre vol ? » et moi, je vous réponds : « Très bien. »

— Comme vous désirez, monsieur, balbutia le chauffeur, totalement décontenancé.

— Parfait.

En décalant son rendez-vous, il se donnait le temps de prendre une douche, de se changer et de tenter de reprendre ses esprits. La fatigue... C'était la seule explication possible à ce qui s'était passé dans l'avion.

— *Il mio principe,* désirez-vous aller chez vous ou à votre bureau ?

— Chez moi, *per favore,* le plus vite possible.

— *Sì, il mio principe.*

Draco se carra dans son siège. Comment la fatigue pouvait-elle justifier l'incident survenu dans l'avion ? En fait, inutile de tergiverser, ce qui s'était réellement passé, il le savait très bien. Ils avaient failli faire l'amour, elle et lui, avant que ces maudites lumières se rallument. Mais s'agissait-il bien de « faire l'amour » ? Plutôt de sexe. Une séance de sexe incroyable, époustouflante. Jamais il ne s'était senti aussi excité par une femme. Plus rien ne comptait sauf elle. Son odeur, son goût, sa chaleur.

Evidemment, il devait y avoir une raison. Sans doute le fait que tout le monde aurait pu les voir. D'ailleurs, elle aussi, elle avait perdu le contrôle.

Et puis, la lumière était revenue et elle avait tenté de lui faire croire que tout était sa faute…

Pas question, se dit Draco en croisant fermement les bras. Il s'était contenté de la regarder s'endormir et de remonter la couverture sur elle. Sa couverture à lui, car la sienne était à moitié coincée sous son corps. Rien de plus naturel. Et c'était elle qui avait posé le bras sur son torse et la tête sur son épaule. Après tout, il était un homme, pas une machine : si elle l'enlaçait, il n'allait pas la repousser. Et quand elle avait levé vers lui ses grands yeux bleus et qu'elle lui avait caressé la joue… tout était devenu incontrôlable. Ce baiser. La façon dont elle s'était mise à gémir quand il lui avait caressé les seins, et son cœur qui battait si fort sous son chemisier… Rien que d'y penser, il était dans tous ses états.

Assez. Il avait commis une erreur, mais on ne l'y reprendrait plus. Cette femme, jamais il ne la reverrait. Mieux valait penser à autre chose, par exemple à son rendez-vous, dans deux heures, avec l'émissaire de Cesare Orsini. Du temps perdu, évidemment, mais il aurait au moins la satisfaction de voir repartir ce type, tout dépité, pour les Etats-Unis.

La sonnerie de son téléphone retentit.

— *Pronto.*

Après avoir écouté durant une longue minute, il remit l'appareil dans sa poche en jurant.

Son avocat ne pouvait assister à la réunion, du fait qu'elle avait été reportée d'une heure. « Excusez-moi, monsieur, avait dit l'homme. Si vous pouvez fixer un autre rendez-vous, à votre convenance… »

Pas question d'annuler. Cette entrevue aurait lieu et ce n'était pas encore aujourd'hui qu'il se laisserait manœuvrer par une crapule de Sicilien.

*
* *

La première fois qu'il avait vu cette villa antique aux murs ocre, proche de la Via Appia Antica, mais située loin de la route et protégée par de hautes grilles de fer, Draco avait immédiatement été séduit. Même si elle était à l'abandon — une partie tombait pratiquement en ruine.

Oui, quelque chose l'avait attiré, comme une émanation de tous les siècles qu'elle avait traversés. Une folie... Il n'aurait jamais dû se laisser prendre à un tel sentiment. L'ami architecte qu'il avait consulté avait tenté de le dissuader.

— Si tu en as vraiment envie, fais-le, mais ce n'est plus qu'un tas de pierres. Pourquoi dépenser des millions, alors que tu possèdes une propriété splendide au bord du Tibre ?

Effectivement, pourquoi ne pas restaurer plutôt le palais Valenti, comme il s'était promis de le faire naguère ? Même si ses ancêtres, et plus récemment son père, avaient dépouillé l'édifice de tout ce qui pouvait se vendre, sa fortune lui avait permis d'en restituer la grandeur médiévale. Une rénovation exquise, de l'avis de tous, mais qui n'effaçait pas pour lui les mauvais souvenirs qui y étaient attachés.

Il était donc retourné chez l'agent immobilier qui lui avait fait visiter la villa, et il avait acheté celle-ci, le jour même. Puis il l'avait restaurée et y avait emménagé. Il trouvait une émouvante authenticité à ses murs, à ses jardins. Et les fantômes du passé qui vivaient là ne le concernaient pas.

La Maserati s'arrêta au bout de l'allée. Le chauffeur en jaillit pour lui ouvrir la portière, mais Draco était déjà sorti. Il grimpa le perron de marbre qui menait aux lourdes portes de bois. Elles s'ouvrirent avant même qu'il les ait atteintes.

— *Buongiorno, signore.*

Son intendante l'accueillit en souriant. Désirait-il un petit déjeuner ? Des fruits et du fromage, peut-être ? *Un espresso*, répondit-il, qu'il prendrait dans le petit salon attenant à la chambre de maître.

Quand il y entra, il trouva qu'il y faisait un peu trop chaud. Il ouvrit les fenêtres, se déshabilla à la hâte et se précipita sous la douche.

Lorsqu'il avait restauré la villa, il avait exigé que sa salle de bains soit aménagée à l'américaine, avec un Jacuzzi et une douche à jets multiples. Comme il l'avait expliqué à son architecte, qui faisait la grimace, la salle de bains de son duplex californien était immense et, à la fin d'une journée trop chargée, l'eau qui coulait sur son corps lui donnait l'impression d'en dissiper les multiples tensions.

Une image s'imposa soudain à son esprit. Cette jeune femme blonde, avec lui, sous la douche. Les cheveux dénoués sur les épaules et sur ses seins blancs aux pointes rosées… Ses lèvres sensuelles s'ouvraient sous les siennes. Il s'imagina glissant la main entre ses cuisses, tandis qu'elle-même caressait son sexe dressé… Il la soulèverait, la plaquerait contre la paroi de verre, et s'enfoncerait en elle profondément…

Il laissa échapper un gémissement rauque. Il n'avait pas éprouvé un tel désir depuis l'adolescence !

Il ferma les yeux et leva le visage vers le jet. Il se devait d'arriver en forme à ce rendez-vous, et maître de ses pensées.

Cette terre de Sicile lui appartenait. Un jour qu'il se rendait à Palerme pour affaires, il avait décidé de faire un détour par Taormina, et là, sur une petite route qui l'avait irrésistiblement attiré, après un virage en épingle, il avait découvert une extraordinaire vue sur la mer, un paysage et un édifice qui lui avaient semblé étrangement familiers…

Il avait acheté cette propriété et convoqué son architecte… Et voilà qu'il avait reçu la lettre d'un homme dont il n'avait jamais entendu parler, Cesare Orsini, et qui prétendait que cette terre lui appartenait.

Draco savait d'expérience qu'il ne faut jamais céder à un despote. Une leçon qui avait changé sa vie et qu'il n'était pas près d'oublier.

Anna découvrit un hôtel plus que vétuste. Dans d'autres circonstances, elle l'aurait accepté de bon cœur. Surtout à Rome. Mais là… Des taches d'eau au plafond. D'autres sur la moquette, et un fauteuil défoncé devant la fenêtre qui donnait sur une colonne d'aération.

Très bien. De toute façon, elle n'allait pas s'éterniser ici. Mon Dieu, qu'elle était fatiguée… Elle avait l'impression de dormir debout, ou d'être redevenue somnambule, une sensation qu'elle avait éprouvée à deux reprises durant son enfance. Une nuit, elle s'était réveillée dans la cuisine, devant le frigo ouvert. Une autre fois, en sortant par la porte arrière de la maison, elle s'était heurtée à un de ses frères, Falco, ce qui l'avait définitivement réveillée.

« Qu'est-ce que tu… ? » avaient-ils tous deux commencé à dire avant de se mettre à rire. Et ils n'avaient rien dit à personne, car il était clair que

Falco était sorti sans permission et qu'il rentrait discrètement dans la maison endormie.

Mais elle n'avait pas oublié ce qu'elle avait ressenti quand ses yeux s'étaient ouverts. Cette impression de flotter au-dessus du sol, complètement engourdie. Celle qu'elle éprouvait en ce moment même tandis que le concierge lui expliquait comment régler le thermostat et utiliser le minibar.

Elle réprima un bâillement pendant qu'il ouvrait les tiroirs de la commode, allumait la télévision et — incroyable — lui montrait comment fonctionnait le radio-réveil… Elle comprit enfin : il attendait un pourboire. Elle prit deux euros dans son porte-monnaie et les lui tendit.

— Merci. *Grazie*. Très aimable à vous…

A peine fut-il sorti qu'avec un soupir de soulagement Anna se laissa tomber à plat ventre sur le lit. Elle avait mal partout. Aux bras surtout, qu'elle avait gardés crispés sur les accoudoirs durant les deux dernières heures de vol, et tout le bas de son corps était endolori par les efforts qu'elle avait fournis pour éviter tout contact avec Hannibal et avec sa voisine enrhumée.

Et puis, elle avait mal à la tête. La faute à ces deux bébés qui n'avaient cessé de protester à grands cris, sûrement contre ce voyage qu'on leur imposait… Elle ne pouvait les en blâmer, car elle aurait volontiers hurlé elle-même si cela avait pu changer quelque chose. Mais ce n'était pas le cas.

Mais, le pire, c'était la terrible humiliation qu'elle ressentait au souvenir de ce qu'elle avait fait. Enfin, de ce qu'elle avait *failli faire*. Tout cela par la faute de cet inconnu qui l'avait mise dans une rage folle, avant de la séduire.

Elle se leva d'un bond et se mit à défaire sa valise.

« Le salaud », pensa-t-elle en sortant sa trousse de toilette. Comment pouvait-elle être intéressée par un individu qui se conduisait ainsi ?

Mais quoi qu'il ait pu faire, la vérité, c'est qu'elle l'avait encouragé.

Avec un gémissement, elle se laissa tomber sur le lit. Comment avait-elle pu ?

Elle ferma les yeux. Elle avait adoré ça. Sa bouche sensuelle posée sur la sienne. Son corps si dur contre le sien. La caresse de ses mains sur sa poitrine.

— Assez ! s'écria-t-elle en se relevant.

Elle avait des tas de choses à régler avant cette réunion. Et, Dieu merci, elle disposait d'une heure de plus, car le *capo* de son père l'avait appelée pour l'avertir que le prince avait retardé d'une heure le rendez-vous. Une excellente nouvelle.

Evidemment, se dit-elle en défaisant sa valise, elle soutiendrait que ce retard la dérangeait car elle avait passé tout le vol à étudier les documents qui prouvaient de façon irréfutable que sa mère était propriétaire de ce terrain. Mais comment s'appelait donc ce village de Sicile où il était situé ? Torminia ? Tarminia ? Ah ! Taormina. Il lui restait moins d'une heure pour se mettre tous ces détails en tête.

D'abord une douche. Changer de vêtements. Et jeter de nouveau un œil à ce dossier qui semblait ne fournir aucune preuve tangible. Enfin, elle avait déjà plaidé des affaires où elle avait moins de renseignements encore, et elle avait gagné.

Sans doute l'avocat du prince serait-il, lui aussi, excellent, mais elle saurait s'arranger avec lui. Quant à cet aristocrate rabougri, elle n'en ferait qu'une bouchée.

Elle prépara rapidement des dessous de soie, un nouveau tailleur anthracite, une blouse crème et une paire de talons noirs vernis à bouts ouverts. Les chaussures sophistiquées, c'était pour impressionner ses interlocuteurs, mais la lingerie, c'était pour son plaisir personnel. Pour se sentir femme, en dépit de ce strict uniforme.

Ses dessous raffinés auraient-ils plu à l'inconnu ? Elle en était certaine... D'une main sûre, chaude et douce, il lui aurait délicatement enlevé son soutien-gorge en lui effleurant les pointes des seins. Puis ses doigts seraient descendus le long de ses hanches et il aurait soulevé sa culotte en la fixant droit dans les yeux. Elle aurait senti son pouls s'accélérer et le désir sourdre en elle...

Encore ces fantasmes ! se dit-elle en secouant la tête avec exaspération. Pourquoi penser à ça alors qu'elle ne reverrait jamais cet homme ?

Elle tira son téléphone de son sac. Sa sœur répondit aussitôt à son appel.

— Izzy, j'ai quelque chose à te demander.

— Où es-tu ? J'ai appelé ton bureau et ta secrétaire m'a dit...

— Combien de fois faudra-t-il que je te rappelle que je n'ai pas de secrétaire, mais une assistante ?

— D'accord, mais où es-tu ? Ta secr... Ton assistante m'a dit que tu étais en Italie et j'ai répondu que ce n'était pas possible.

— Izzy, je *suis* en Italie. Je n'ai pas eu la possibilité de t'avertir. Dimanche, papa m'a demandé de faire ce déplacement pour lui. Et si tu étais venue dîner avec nous, il n'aurait pas pu le faire.

— Je n'étais pas invitée. Et ça ne m'explique pas pourquoi tu es en...

— Plus tard. Il faut que je te pose une question.

— Oui ?

— Tu as bien suivi des cours de psycho à la fac ?

— Oui. Toi aussi, d'ailleurs.

— Tu te rappelles ce que le prof disait concernant… les fantasmes sexuels ?

— Qu'est-ce qui t'arrive, Anna ?

— Il n'avait pas parlé du fantasme consistant à faire l'amour avec un inconnu ?

— Oui, « un sombre et dangereux inconnu », confirma sa sœur en riant.

Anna se massa la tempe du bout des doigts.

— Et d'un autre fantasme, celui de faire l'amour dans des lieux publics, au risque d'être surpris ?

Cette fois, sa sœur parut clairement inquiète.

— Anna, qu'est-ce qui t'arrive ?

— Rien, je te jure. Je tenais simplement à éclaircir un point…

— Concernant le risque qu'on prend à faire l'amour avec un inconnu dans un lieu public ? Anna, qu'est-ce que tu as fait ?

— Rien du tout. Simplement, pendant le vol, j'ai lu un article sur le sujet dans un magazine. Tu sais, avec le décalage horaire, on a parfois de drôles d'idées.

— Tant que ça reste des idées…, déclara Izzy avec un petit rire.

— Tu as raison, répondit Anna en se forçant à rire elle aussi, jamais je ne ferais une chose pareille. Mais il faut que j'y aille. Je te rappelle dès que possible…

Pourquoi avait-elle appelé Izzy ? se demanda-t-elle en raccrochant. En vérité, elle avait voulu lui demander si elle avait déjà éprouvé l'envie de faire l'amour avec un parfait étranger, mais elle avait tout de suite compris qu'elle faisait fausse route. Cela n'arriverait jamais à la tendre Izzy…

Elle se déshabilla en soupirant, entra dans la douche étroite en évitant de heurter le pommeau de la tête, et tourna le robinet à fond. Un filet d'eau tiède se mit à couler.

Il lui fallait oublier l'avion, l'inconnu, et se concentrer sur son rendez-vous avec le *prince*. Quel titre ridicule au XXIe siècle !

Une heure plus tard, Anna pénétrait dans un élégant immeuble de la Via Condotti et déclarait à la souriante et élégante réceptionniste qu'elle avait rendez-vous avec le prince Draco Valenti.

— Vous êtes… ? s'enquit l'employée en fronçant le nez.

— Je représente M. Cesare Orsini.

La réceptionniste souleva le téléphone.

— Quatrième étage, à droite, au fond du couloir.

Anna s'engouffra dans l'élégant ascenseur.

En pénétrant dans le bureau, elle aperçut un homme, debout près de la fenêtre, qui lui tournait le dos …

Immédiatement elle ressentit une impression de…

Une impression de pouvoir. De pouvoir et de force, mais aussi de virilité et de vitalité. Un corps jeune et puissamment musclé que mettait en valeur un costume gris Armani. Larges épaules. Longues jambes.

Tout dans son attitude dénotait l'irritation et l'arrogance.

Et étrangement, elle avait l'impression de connaître cet homme…

Le cœur d'Anna fit un bond dans sa poitrine. Non !

Elle émit un son, entre cri et gémissement.

— Je n'apprécie pas d'avoir dû attendre, dit l'homme en se retournant.

La seule satisfaction d'Anna fut de voir les magnifiques yeux bruns de son interlocuteur s'écarquiller sous l'effet de la stupéfaction. Une stupéfaction qui n'avait rien à envier à la sienne.

5.

Draco fixait la jeune femme qui se tenait debout sur le seuil. Impossible !

Des femmes blondes, il y en avait des milliers. Mais ces yeux couleur de mer Tyrrhénienne… Cette bouche d'un rose tendre aux lèvres pulpeuses… Ce visage inoubliable… Ce corps aux courbes voluptueuses que ne parvenait pas à dissimuler son tailleur professionnel, et ces longues jambes mises en valeur par de provocants talons hauts.

La femme qu'il avait failli initier au plaisir de faire l'amour à plus de dix mille mètres d'altitude. Enfin, initier… Rien qu'à voir la façon dont elle avait répondu à ses baisers et à son étreinte, elle avait l'air d'en savoir déjà beaucoup. A moins que… En un clin d'œil, elle était passée d'une chaleur torride à un comportement glacial, et…

Mais qu'est-ce qu'elle venait faire là ?

Peut-être n'avait-elle pas pu oublier ce qui s'était passé ? Peut-être désirait-elle achever ce qu'ils avaient commencé ?

Mais sa réceptionniste n'avait-elle pas annoncé « la représentante de Cesare Orsini » ? Donc…

La jeune femme, figée sur le seuil, était pâle comme un linge.

— Vous êtes Draco Valenti ? s'enquit-elle d'une voix blanche.

— Et vous… ? murmura-t-il.

— L'avocate de Cesare Orsini.

— Le monde est petit.

Brusquement, elle se redressa pour le toiser.

— C'était un coup monté ?

— Je vous demande pardon ?

— Jamais je n'aurais cru qu'on puisse être assez tordu pour imaginer pareil stratagème.

— Si vous voulez bien avoir l'amabilité de m'expliquer ?

— Vous avez voulu me séduire pour parvenir à vos fins ! Espèce de sale…

— Attention à ce que vous dites !

— Vous avez cru que j'allais me laisser faire, pour en tirer avantage.

Il eut un rire amer.

— Croyez-moi, dit-il en la dévisageant d'un air écœuré, si je pouvais oublier cet instant d'égarement, je le ferais aussitôt.

— Cet « instant d'égarement », comme vous dites, était un piège. Mais je n'y suis pas tombée parce que je ne fais pas partie de ces femmes qui vous…

— Ces femmes qui me… ? répéta Draco d'un air surpris.

— Vous avez compris. Comme vous vous imaginez qu'il vous suffit de claquer des doigts pour que toutes les femmes soient à vos pieds, vous avez tenté de me placer dans une situation délicate.

— Vous parlez du moment où vous vous êtes plaquée contre moi ? s'enquit Draco sur un ton de politesse glaciale.

— Vous êtes un être méprisable.

— Et vous, vous me faites perdre mon temps.

— Vous saviez depuis le début qui j'étais. Et c'est pour ça que vous avez accepté de me donner cette place à côté de vous.

Elle s'approcha de lui et s'arrêta à quelques centimètres. Elle dégageait un parfum délicat et féminin, aussi sexy que sa tenue. Un parfum qui lui rappela l'instant où il l'avait tenue dans ses bras, la douceur de ses seins contre son torse, la tiédeur de son corps. Les battements de son cœur. Son souffle haletant…

Il fronça les sourcils. Son corps non plus n'avait pas oublié. Et c'était la pire chose qui pouvait lui arriver en ce moment…

— Vous saviez qui j'étais, articula-t-elle en détachant chaque syllabe, l'index pointé sur le torse de Draco. Inutile de nier.

— Nier quoi ? dit-il en lui saisissant la main.

— Vous avez fait exprès de m'embrasser.

Il se mit à rire. Quel homme n'en aurait pas fait autant en entendant une telle accusation ?

— Vous trouvez ça drôle, peut-être ?

— Vous m'accusez d'avoir fait exprès de vous embrasser ?

— Absolument.

— Voilà qui me soulage. Je n'aurais pas supporté que vous m'accusiez de vous avoir embrassée sans le faire exprès.

Anna serra les poings. Comment pouvait-il avoir l'audace de tourner ce qu'elle disait en dérision ? Pire, comment pouvait-il être à la fois si arrogant, si machiavélique, et si incroyablement séduisant ?

— Vous vous êtes dit qu'une fois séduite je ne pourrais plus représenter les intérêts de Cesare Orsini.

Il lui jeta un long regard avant d'éclater de rire.

— *Dio !* Vous me croyez vraiment machiavélique.

— Vous êtes un vrai sal…

— Désolé, mais vous vous trompez. J'ignorais qui vous étiez. La seule chose que je connaissais de vous, c'était votre mauvais caractère. Ecoutez, vous vous êtes endormie dans mes bras et quand nous nous sommes réveillés, nous avons eu envie l'un de l'autre. Vous autant que moi. Oui, vous étiez aussi excitée que moi.

— C'est faux ! Jamais…

Le regard de Draco se posa sur ses lèvres. Soudain, elle eut l'impression de sentir la tiédeur de sa bouche sur la sienne. Le goût de ses baisers.

— Bien sûr que si !

Sa voix était rauque et chaude, et une onde de désir, brûlant et primitif, traversa tout son corps. Il était son adversaire et représentait tout ce qu'elle méprisait, le genre d'homme habitué à traiter chaque femme comme si elle lui appartenait. Pire, il était l'ennemi de ses parents.

Cela n'empêchait pas son corps de trembler de désir… Un désir tel qu'elle ne put réprimer un soupir.

— Attention, *signorina.* A votre place, j'éviterais désormais ce petit jeu, déclara froidement Draco.

Elle reprit son souffle et laissa échapper un rire forcé.

— Quelle arrogance, Votre Altesse ! Vous croyez donc qu'il vous suffit d'un regard pour me faire perdre la tête ?

Il la fixa durement.

— Assez joué. Que voulez-vous ? Et qui êtes-vous exactement ?

Anna haussa les épaules.

— Je suis avocate.

— Pas en Italie.

Il avait raison. Dans ce pays, professionnellement, elle n'était rien. C'est d'ailleurs ce qu'elle avait tenté d'expliquer à son père : « Si tu cherches un avocat, prends-en un en Italie. » Mais il n'avait rien voulu savoir. C'était une affaire de famille et il ne voulait pas qu'un étranger parle en son nom ou au nom de sa femme, Sofia. Il avait besoin d'Anna.

— Mais qu'à cela ne tienne. Examinons la situation, reprit Draco Valenti. Je possède de plein droit la propriété à laquelle prétend votre client.

— La terre en question appartient à la femme de mon client.

Il se dirigea vers son vaste bureau.

— J'ai accepté par pure courtoisie de rencontrer le représentant de Cesare Orsini.

— Vous avez accepté parce que vous saviez qu'il existait un problème.

Elle n'avait pas tort, songea Draco. Plus d'un magistrat aurait été ravi de voir un prince Valenti englué dans une affaire de ce genre. Cette terre lui appartenait, sans l'ombre d'un doute, mais compte tenu des pesanteurs de la justice sicilienne, il mettrait des années à le prouver.

Si l'affaire allait devant les tribunaux, évidemment.

Draco soupira. La révision de son avion serait bientôt terminée, et son pilote viendrait alors le rejoindre à Rome. Ce qui voulait dire qu'il allait pouvoir retourner à Hawaii, retrouver la mer, le soleil, et le lit de sa maîtresse — une femme conciliante, qui ne soufflait pas le chaud et le froid, elle.

— Très bien, dit-il en s'asseyant derrière son bureau.

Il ouvrit un tiroir d'où il tira un chéquier et prit un stylo.

— Combien ?

— Pardon ? Combien quoi ?

— Trêve de plaisanterie. Combien veut Orsini ?

— Pour cette terre ?

— Ce que je vous offre, c'est une indemnisation. Combien votre client veut-il pour mettre fin à cette histoire de fou ?

Anna posa sa sacoche sur une chaise et s'approcha de l'énorme bureau, une antiquité sculptée de griffons s'emparant de faucons, de faucons dévorant des lapins et de loups déchirant des cerfs de leurs crocs.

Une parfaite métaphore du comportement des grands propriétaires terriens ! songea-t-elle avec mépris.

Quand elle avait découvert quelle profession exerçait son père, elle s'était mise à étudier l'histoire de la Sicile, en espérant que cela l'aiderait à mieux le comprendre.

Tout ce qu'elle en avait tiré, c'était la certitude que dans ce monde régnaient la brutalité et la déloyauté. Et ce qu'elle découvrait aujourd'hui dans ce bureau corroborait l'opinion qu'elle s'était forgée au sujet des nobles de ce pays. Des gens qui croyaient avoir des droits sur tout ce qui appartenait aux simples mortels.

— Alors ?

Son stylo à la main, Draco Valenti la toisait d'un regard inflexible. Un regard intense, déterminé. Visiblement, il était certain de l'issue de la chasse…

« Pas si vite ! » songea-t-elle en reprenant sa respiration.

— Alors quoi ? Si vous croyez vous en tirer de

cette façon, dit-elle en relevant le menton d'un air de défi, vous faites une grossière erreur.

Sans répondre, il rangea le chéquier dans le tiroir. Le bruit qu'il fit en le refermant résonna dans la pièce.

— Si vous ne voulez pas d'argent, que désirez-vous ?

— La propriété, bien sûr.

— C'est impossible : elle m'appartient. Je possède l'acte notarié. Aucun tribunal sicilien…

— Sans doute.

— Dans ce cas, comment… ?

— Un aristocrate sicilien veut spolier de son bien une vieille dame sans défense, déclara Anna d'une voix douce en le fixant de ses grands yeux bleus. Ça pourrait faire la une des journaux.

— Et que pensez-vous de : « Un citoyen sicilien tente de garder sa terre face aux appétits d'un truand américain » ?

— Vous n'êtes pas plus sicilien que moi !

— Il y a plus de cinq cents ans que mes ancêtres sont établis en Sicile.

— Vous voulez dire plus de cinq cents ans qu'ils l'ont envahie. Les Orsini étaient déjà là.

— Je vous ai demandé ce que vous vouliez.

— Je vous ai déjà répondu. Je veux cette terre. Si vous croyez que mon client redoute qu'un journaliste le traite de gangster… Croyez-moi, ce ne serait pas la première fois.

Et elle sourit. Un sourire exaspérant qui donna immédiatement envie à Draco de se lever et de la jeter hors de ce bureau.

Ou de la prendre dans ses bras pour lui rappeler à quel point il lui était facile de transformer son attitude glaciale en désir brûlant.

— Cher prince, vous savez très bien qu'aux Etats-Unis c'est précisément le genre d'histoire auquel certains accordent beaucoup d'attention. Ces affreux tabloïds, par exemple, sans parler des blogueurs ou des chaînes d'information. Même les journaux respectables vont l'adorer. Car à en croire ce qu'on lit de vous sur internet, vous ne vous contentez pas de voler les paysans…

— Je trouve assez plaisant de me faire traiter de voleur par l'émissaire d'un truand, déclara Draco en se carrant dans sa chaise.

— Vous êtes à la tête d'un immense empire financier.

— Et alors ?

— Et alors, dans le climat actuel, je me demande comment ce bel empire réussirait à faire face à un tel scandale ?

Il serra les dents.

— Qui êtes-vous pour oser me parler ainsi et proférer de telles menaces ?

Anna sortit de son sac une carte de visite. Nonchalamment, elle prit un stylo et écrivit au dos le nom de son hôtel, avant de tendre la carte à Draco. Il la lut et leva vers elle un regard stupéfait.

— Anna Orsini ! murmura-t-il. Eh bien…

— Oui, je suis sa fille. N'oubliez jamais que le sang de la *famiglia* Orsini coule dans mes veines.

A présent, il la fixait comme s'il allait bondir de derrière son bureau pour l'étrangler.

Anna se leva, prit sa sacoche et sortit de la pièce, le cœur battant à se rompre.

6.

Draco la regarda s'éloigner, la tête haute, droite comme un I sur ses talons vertigineux qui faisaient tanguer ses hanches et lui donnaient une démarche presque féline.

Qui était vraiment Anna Orsini ? Il faillit courir derrière elle pour lui poser la question.

Mais il ne fit pas un geste pour la retenir. S'il avait fait le moindre pas, il l'aurait prise dans ses bras et embrassée jusqu'à ce qu'elle oublie tout de cette histoire, et redevienne la jeune femme qui, dans l'avion, avait failli s'abandonner dans ses bras.

Il demeura donc immobile et entendit la porte claquer derrière elle.

La menace n'était pas à prendre à la légère. Car si son nom était simplement cité à côté de celui d'un truand du genre de Cesare Orsini, tout ce qu'il avait bâti risquait de s'effondrer. Et il n'en résulterait pas seulement pour lui-même comme pour ses clients une énorme perte financière. Si Anna le contraignait à une confrontation publique, il perdrait beaucoup plus que de l'argent. Il perdrait ce qui comptait pour lui plus que tout au monde : l'honneur qu'il avait redonné à son nom.

Il aurait voulu pouvoir rire de cette histoire incroyable, mais il n'en avait en fait nulle envie.

Il tira d'un dossier les lettres de Cesare Orsini et les posa sur son bureau. La situation ne prêtait pas à plaisanterie. S'il avait su, la nuit dernière, qui était cette jeune femme blonde, jamais il ne se serait laissé aller ainsi. Comment avait-il pu se fourrer dans un pareil pétrin ?

Elle n'était même pas son genre. Trop grande, trop blonde, trop mince. Ses goûts le portaient plutôt vers les petites brunes piquantes aux formes voluptueuses. Sans parler de cette attitude féministe… Quel homme aurait pu être attiré par une femme qui n'était jamais d'accord avec rien ?

A y penser plus calmement, c'était la situation, pas la femme, qui l'avait séduit. La pénombre de la cabine. L'altitude. Le fait de se trouver dans un lieu public.

Il se carra dans sa chaise. Somme toute, n'importe quel homme aurait réagi comme lui en se réveillant avec une femme plaquée contre lui.

Il soupira.

Il y avait forcément une solution, un moyen de faire sortir définitivement de sa vie les Orsini, père et fille. Il était lui-même un homme de raison, un pragmatique. Or, c'était le pragmatisme qui gouvernait le monde, pas les sentiments, qu'il fallait toujours parfaitement contrôler. Une vérité que ni son père ni ses ancêtres n'avaient comprise, eux qui passaient leur temps à boire, à jouer de l'argent qui ne leur appartenait pas, et à aller de femme en femme, avec une constance aveugle qui ne pouvait leur attirer que des ennuis.

L'histoire de la famille Valenti n'était qu'une suite de trahisons, d'infidélités, d'abandons et de divorces.

De son côté, Draco avait appris très tôt à maîtriser ses émotions car, tout au long de son enfance, il avait assisté à des scènes dont le souvenir le faisait encore frémir. Bien qu'elle eût enchaîné les aventures avec des hommes qui se servaient largement dans ce qui restait du patrimoine familial, sa mère avait trouvé sa vie ennuyeuse et abandonné son mari et Draco, encore bébé.

Son père, lui, était bien trop occupé à fréquenter des traînées et à jouer pour accorder la moindre attention à son fils.

De sa petite enfance, il gardait le souvenir de pièces immenses et silencieuses, vidées de leur élégant mobilier, et de rares domestiques sous-payés qui l'ignoraient. Durant ces années de solitude, jamais il ne lui était venu à l'idée que d'autres enfants pouvaient mener une vie différente de la sienne.

Un hiver, enfin, son père était resté sobre suffisamment longtemps pour se rendre compte que son dernier domestique était parti et que Draco, âgé de neuf ans, était désormais livré à lui-même. Le prince avait donc ordonné à son fils de se laver et de s'habiller correctement et l'avait conduit dans une pension tenue par des nonnes. La mère supérieure, qui en était aussi la directrice, avait froncé le nez en voyant Draco, comme s'il sentait mauvais. Puis elle lui avait fait passer des tests : math, sciences, français et anglais. Il connaissait toutes les réponses. Esprit brillant et lecteur infatigable, il s'était nourri de ce qui restait de la bibliothèque qui avait fait la fierté des Valenti.

Pourtant, il était resté muet : la voix de la religieuse était trop aiguë, et il voyait dans ses lunettes son propre reflet, ce qui l'avait déstabilisé. Et puis, avec sa coiffe et son nez pointu, elle ressemblait à un hibou. Cette femme l'avait terrifié.

— Réponds à la mère supérieure, avait chuchoté son père.

Draco avait ouvert la bouche, mais l'avait aussitôt refermée.

— Votre fils est retardé, avait décrété la bonne sœur. Laissez-le-nous, prince Valenti, et nous lui enseignerons au moins à craindre Dieu.

C'est exactement l'éducation qu'elles lui avaient donnée. Mais les autres enfants lui avaient occasionné des frayeurs plus concrètes. Il avait été battu, le jour dans la cour, la nuit dans le dortoir à l'odeur aigre, et était allé d'humiliation en humiliation.

Maigre et pâle, il portait des vêtements usés. Timide et calme, plongé dans ses livres, il avait à son arrivée le comportement typique d'un enfant qui a toujours vécu en solitaire. Les sœurs, sciemment ou non, avaient ignoré son sort jusqu'au jour, un an après son arrivée, où il avait décidé qu'il ne pourrait en supporter davantage.

C'était l'heure du déjeuner, et tout le monde se trouvait dans la cour. Draco avait vu s'approcher un de ses persécuteurs, et toutes les douleurs, toutes les blessures, toutes les peurs qu'il avait emmagasinées s'étaient transformées brutalement en rage brûlante.

Au terme d'un combat violent, il avait mis l'autre garçon à terre et l'avait laissé pantelant sur le sol, sanglotant et vaincu.

Sa réputation avait été faite, même s'il avait dû continuer à se battre de temps en temps.

La mère supérieure avait déclaré alors avoir toujours su qu'il ne valait rien.

Une nuit — il avait alors dix-sept ans —, un des garçons les plus âgés l'avait bâillonné d'une main, tout en tentant de lui arracher son bas de pyjama.

Mais Draco n'était plus ni chétif ni timide. C'était maintenant un homme d'un mètre quatre-vingts, puissamment musclé. Avec un rugissement, il avait pris son agresseur à la gorge. Si les autres garçons n'étaient pas intervenus, il aurait pu le tuer.

La mère supérieure n'avait posé aucune question.

— Tu es un monstre, avait-elle dit à Draco. Jamais tu n'arriveras à rien et nous ne voulons plus de toi ici.

Il n'avait pas discuté.

Pendant la nuit, il avait forcé la porte du bureau de la mère supérieure, où il avait trouvé quatre cents euros.

Pas une seconde il n'avait envisagé de retourner au château familial. Son père, qui ne lui avait rendu visite qu'une seule fois, la première année, ne signifiait plus rien pour lui.

Dès le lendemain, il avait pris l'avion pour New York, bien décidé à devenir quelqu'un, à ne jamais laisser deviner ni émotion ni faiblesse, et à ne se fier qu'à lui-même.

New York était immense, rude et impitoyable. Un lieu où tout était possible, où il avait tout de suite eu la certitude qu'il ne connaîtrait jamais plus ni la faim, ni la pauvreté, ni l'humiliation.

Il avait trouvé du travail sur un chantier, puis comme serveur. Comme chauffeur de taxi enfin. Mais, allongé dans l'obscurité d'une chambre de Brooklyn infestée de cafards, il avait compris que cela ne le mènerait nulle part. Un homme avait besoin d'un but et il n'en avait pas.

Jusqu'au jour où, par un entrefilet du *New York Post*, il avait appris la mort de son père.

Le prince Mario Valenti est décédé hier dans un accident impliquant une ancienne star de cinéma.

Les détails ne comptaient pas. Son père était mort honteusement, couvert de dettes. Dès cet instant, Draco avait su quel serait son but dans la vie : rétablir l'honneur des Valenti.

Ce qui voulait dire, d'abord, payer les dettes de son père. Pour ce faire, il s'était installé à San Francisco pour s'inscrire à l'université et suivre des cours de mathématiques et de finances. Et un jour, en rédigeant un devoir, il lui était venu une idée d'investissement. En théorie, cela marchait, mais dans la réalité ?

Il n'existait qu'un moyen de le savoir. Tout l'argent qu'il avait mis de côté pour ses études, il l'avait investi en Bourse.

Il avait doublé, triplé puis multiplié par quatre sa mise. Il avait alors quitté l'université pour se consacrer à ses investissements. « Draco Valenti, un nouvel investisseur aux nerfs d'acier, avait écrit le *Wall Street Journal*, la première fois qu'il avait mentionné son nom ». Mais y avait-il une autre façon de jouer, en Bourse ou dans la vie ?

Enfin, il avait fondé sa propre société, Valenti Investments. Il avait commis des erreurs, mais aussi fait des choix qui lui avaient procuré une éblouissante réussite. Il savait que cela ne durerait pas indéfiniment et s'était comporté en conséquence. Devinant les faiblesses des produits financiers que proposaient les banques, il avait parié sur leur faillite et investi dans de petites entreprises de haute technologie aux idées novatrices. De cette façon, il avait gagné plus d'argent que cela ne semblait possible, plus qu'assez pour acheter son appartement de San Francisco, sa villa de Rome, et restaurer le château des Valenti.

Suffisamment aussi pour fonder à Rome une école destinée aux enfants pauvres, et d'autres en Sicile, à New York et à San Francisco. Des projets qu'il avait tenus secrets. Mais pour autant, Draco n'était pas un tendre : à qui les découvrait, il expliquait toujours qu'il n'avait créé ces écoles que pour utiliser efficacement son argent, et il n'aurait pas supporté qu'on prétende le contraire…

D'un geste rageur, Draco balaya de son bureau les lettres d'Orsini. Il devait bien y avoir un moyen de résoudre ce problème.

Jamais il ne laisserait quelqu'un porter atteinte à l'honneur de Valenti Investments. Il supporterait de perdre de l'argent, mais que le nom des Valenti soit de nouveau terni, jamais !

Il se leva et s'approcha de la fenêtre. Il allait trouver une solution à ce problème, problème qu'il aborderait rationnellement. Sans état d'âme.

Il appuya sur le bouton de l'Interphone.

— J'ai des lettres à vous dicter, annonça-t-il à son assistante.

Et en l'occurrence, le problème qu'il devait régler s'appelait « Cesare Orsini ». C'était lui qu'il affrontait, pas sa fille, Anna, qu'il devait oublier au plus vite.

*
* *

Dès que son assistante eut quitté la pièce, Draco enfila un manteau pour aller déjeuner. Puis il se rendit à sa salle de sport. Mais malheureusement pour lui, quand il en sortit, il n'avait toujours pas trouvé de solution au cas Orsini. Et Anna l'obsédait toujours.

A 17 heures, il appela son chauffeur.

— Où allons-nous, monsieur ? s'enquit ce dernier lorsque Draco se fut installé sur la banquette arrière.

Il envisagea plusieurs possibilités : il pouvait dîner à l'extérieur. Même s'il n'avait pas réservé, il était certain d'obtenir la meilleure table dans n'importe quel restaurant de Rome. Ou alors, il avait sur son BlackBerry les coordonnées d'une douzaine de femmes ravissantes qui ne lui refuseraient rien, même s'il les sollicitait à la dernière minute. Cela lui rappela celle qui l'attendait à Hawaii. *Cristo !* Depuis ce matin, il ne lui avait pas même accordé une pensée…

— Chez moi.

Tandis que l'imposante berline se frayait un chemin dans les embouteillages, il se décida à appeler sa maîtresse.

— Allô…, murmura-t-elle d'une voix ensommeillée.

— C'est moi. Comment vas-tu ?

— Draco, j'ai cru que tu m'avais oubliée.

— Qu'as-tu fait aujourd'hui ?

— Du shopping, chéri. Ou plutôt, du lèche-vitrines. J'ai repéré un tas de choses que tu pourras m'acheter quand tu seras de retour.

Il haussa les sourcils.

— Quand rentres-tu ? chuchota encore la jeune femme d'une voix rauque. Tu me manques.

Mais tout à coup Draco ne voyait plus rien de charmant ni de sensuel chez sa maîtresse. En réalité, ce qui manquait *vraiment* à la jeune femme, c'était le statut social que lui procurait sa présence à ses côtés. Et la certitude qu'il lui achèterait tout ce dont elle avait envie.

— Chéri ? Quand rentres-tu ?

Déconcerté, il se rendait compte qu'il n'avait plus aucune envie de la rejoindre.

— Il s'est passé quelque chose, expliqua-t-il d'un ton neutre. Je te propose de rester quelques jours encore à Hawaii pour faire du shopping. Dis aux vendeurs de téléphoner à mon bureau, je prends tout en charge. Prends ton temps, amuse-toi. Je t'appellerai.

— Quand, exactement ? s'enquit-elle froidement.

— Je ne sais pas, répondit-il avec une franchise brutale. Prends soin de toi.

Il remit son téléphone dans sa poche au moment même où la voiture s'engageait dans l'allée qui menait à sa villa. Eh bien, il n'aurait jamais imaginé qu'il mettrait si vite un terme à cette liaison… Deux mois, elle avait duré deux mois.

Une image s'imposa à son esprit. Anna Orsini. Nue, les cheveux défaits sur un oreiller, les bras tendus vers lui…

— *Signore ?*

La voiture s'était immobilisée devant le perron ; son chauffeur se tenait près de la portière ouverte.

Draco descendit.

— Merci. Vous êtes libre pour la soirée.

Puis il entra dans la maison.

Sa gouvernante lui avait laissé une salade, qu'il mangea en buvant un verre de vin. Puis il se retira dans ses appartements où il se déshabilla pour prendre une douche. Peut-être l'eau réussirait-elle à dissiper la tension qui l'habitait, et à effacer l'image d'Anna, nue et sensuelle dans un lit défait…

Furieux, Draco sortit de la douche et s'enveloppa dans une serviette. Cette femme l'avait accusé d'avoir joué la comédie, mais c'était tout le contraire.

Une journée entière de fichue ! Mais il avait de l'argent, du pouvoir. D'un simple geste, il pouvait briser toute la *famiglia* Orsini.

Pourquoi s'était-il montré si poli quand elle s'était présentée à son bureau ? Il aurait dû l'envoyer au diable. Loin de lui et de l'Italie.

Sans parler de la sortie triomphante qu'elle s'était offerte… Comme si elle était une reine et lui son sujet !

Il fallait qu'il la remette à sa place. Qu'il lui rappelle qu'elle n'était que la représentante d'un bandit. Et qu'elle était une femme. Oui, il aurait dû lui courir après, l'empêcher d'ouvrir la porte, pousser le verrou intérieur et terminer ce qui avait commencé au-dessus de l'Atlantique.

Une fois encore, il l'imagina nue, ses longs cheveux défaits sur ses épaules et sa poitrine. De ses lèvres, il effleurerait les pointes de ses seins, il glisserait la main entre ses cuisses. Elle serait brûlante, liquide, terriblement excitée.

Immédiatement, il sentit son sexe se durcir sous la serviette qu'il resserra autour de ses hanches en prononçant un mot dont il ne s'était plus servi depuis le collège.

Il fallait que ça cesse ! *Basta !* Cela faisait une journée à peine qu'il avait rencontré Anna Orsini, et sa vie était déjà sens dessus dessous.

Comment avait-il pu en arriver là ?

Il se débarrassa de la serviette et enfila un boxer, un vieux jean, un T-shirt noir et une paire de mocassins. De son portefeuille, il tira la carte qu'elle lui avait donnée et l'examina. Il n'avait jamais entendu parler de cet hôtel, mais il savait où il se trouvait, à une demi-heure de chez lui à peine. Certes, il aurait pu l'appeler, mais il préférait le face-à-face.

Il saurait retourner la situation en sa faveur. Comment un truand et sa fille auraient-ils pu nuire au prince Draco Valenti ?

De l'argent et du pouvoir, il en possédait bien davantage que Cesare Orsini n'en aurait jamais. Et il saurait s'en servir.

Dans son garage, il y avait trois voitures : une limousine Maserati, une Lamborghini rouge et une Ferrari noire. Il choisit cette dernière, rapide et puissante, qui s'accordait parfaitement avec la rage qu'il ressentait.

Il fit le trajet en un quart d'heure, coupant la route aux autres véhicules, sans tenir compte des coups de Klaxon et des injures qu'il provoquait sur son passage.

Dans un crissement de pneus, il freina devant l'entrée de l'hôtel, ignorant le portier qui lui faisait signe que cet emplacement était réservé. Il lui tendit un billet de cent dollars pour qu'il lui gare sa voiture, et pénétra dans le hall.

Le réceptionniste leva les yeux à son approche.

— Je peux vous aider ?

— Anna Orsini. Quelle chambre ?

— Désolé, monsieur, mais…

Draco s'approcha de lui et le prit par les revers de sa veste.

— Quelle chambre ?

— 3… 314.

Draco posa un autre billet de cent dollars sur le comptoir et se dirigea vers les deux ascenseurs dont l'un, à en croire une affichette, était en panne. Il appuya sur le bouton, attendit quelques secondes, puis se rua dans l'escalier.

La chambre 314 était au bout d'un long couloir. Il tambourina à la porte, qui s'ouvrit immédiatement.

— Bravo, déclara Anna, vous avez vraiment le service de chambre le plus rapide que…

Pieds nus, enveloppée dans un volumineux peignoir blanc, elle était belle comme un Michel-Ange. Sa chevelure encore humide tombait en boucles dorées sur ses épaules. Ses yeux stupéfaits étaient aussi bleus, aussi profonds que la mer.

— Eh non, ce n'est pas le service de chambre, dit-il d'une voix rauque. Et je ne suis pas un homme avec qui on joue…

Il s'arrêta en sentant sa rage se transformer en un sentiment plus sombre et bien plus dangereux…

— Anna…

— Draco… Pourquoi as-tu mis si longtemps ? balbutia-t-elle en se précipitant dans ses bras.

7.

Anna noua les bras autour du cou de Draco et se blottit contre lui. Alors, enfin, il posa sur les siennes ses lèvres avides, et passa la main sous son peignoir pour la caresser. Il plaqua son bassin contre le sien, et le contact de son sexe dur la fit frissonner d'excitation.

Elle avait déjà eu quelques amants et il lui était arrivé d'anticiper la fièvre de ce moment, celui de la première étincelle, toujours si troublant. Mais jamais à ce point. Jamais elle ne s'était sentie trembler ainsi, le souffle court, ivre de désir.

D'une voix rauque, il chuchota quelques mots incompréhensibles. Il parlait un italien qui n'avait rien à voir avec le dialecte sicilien qu'elle avait entendu pendant son enfance, mais elle n'avait pas besoin de comprendre les mots pour deviner leur sens.

Draco la désirait. Ici et maintenant. Et elle aussi.

Il dénoua son peignoir et le fit glisser sur son buste. Sa main descendit le long de son dos et effleura ses hanches avant de remonter vers ses seins dont il agaça les pointes du bout du doigt. Avec un gémissement rauque, elle ôta le T-shirt de Draco de son jean pour plaquer les mains sur son torse nu.

Ce corps chaud, tout en muscles… Elle laissa courir ses doigts sur son ventre dur.

— Draco…, souffla-t-elle.

Il balbutia son prénom et la débarrassa de son peignoir qui tomba à ses pieds. Puis il pencha la tête vers l'un de ses seins et en mordilla sensuellement la pointe.

Anna se cabra tandis qu'une flamme brûlante l'embrasait tout entière. Alors, Draco plongea les doigts dans ses cheveux avant de l'embrasser avec passion. Puis il glissa la main entre ses cuisses.

— Tu as envie de moi…

— Vite, je t'en prie… Vite…

Il gémit en défaisant son pantalon. Le cœur battant, le souffle court, Anna glissa la main sous son caleçon et prit son sexe dressé dans sa main.

— Anna…

— Oui… Oh ! oui ! balbutia-t-elle.

Il la prit dans ses bras et l'appuya contre le mur. Ivre de désir, Anna lui enserra les hanches de ses jambes. Lorsqu'il s'introduisit en elle, elle poussa un cri de plaisir. Il s'enfonça de nouveau. Toujours plus profond.

— Draco… Draco…

La main plongée dans ses cheveux, la bouche sur la sienne, il allait et venait en elle sans répit et sans cesser de l'embrasser.

Il sentit venir l'orgasme et entendit le cri de la jeune femme avant d'exploser, au plus profond d'elle.

*
* *

Le cœur battant, Anna reprenait son souffle, le visage enfoui contre le torse de Draco. Il la tenait étroitement serrée contre lui.

— C'était… c'était…, souffla-t-elle.

— Exactement, répondit-il en riant. Mais un peu trop rapide ?

— Tu cours vraiment après les compliments ?

— Peut-être… Personnellement, j'ai trouvé ça un peu court.

— Nous ne recommencerons pas, chuchota-t-elle avec un petit sourire. Enfin, pas plus d'une douzaine de fois.

Il la souleva pour la transporter jusqu'au lit.

— Désolé, Anna Orsini, mais ça ne me semble pas encore assez.

Il l'embrassa avant de relever la tête et de plonger le regard dans celui de la jeune femme, dont la chevelure était maintenant répandue sur l'oreiller, exactement comme il l'avait imaginée. Ses yeux étaient deux lacs d'un bleu profond. Son visage resplendissait.

— *Bellissima*, murmura-t-il.

Mais ce n'était pas tout. Il émanait d'elle quelque chose d'indompté qui le bouleversait.

— Draco, tu penses à quoi ?

— Je pense que tu es une femme étonnante, Anna Orsini, dit-il en lui effleurant les lèvres de la bouche. Et que je suis très content d'être venu. Pourtant, en arrivant, j'étais en rage.

— Moi aussi, je l'étais.

— Mais tu as ouvert la porte, et je t'ai vue… J'ai compris que je m'étais menti. Si j'étais venu, c'était parce que je te désirais, et j'étais trop stupide pour le reconnaître.

— Tu veux dire, trop arrogant.

— Non… Enfin, peut-être…

Elle sourit.

— Il m'arrive à moi aussi d'être un peu arrogante, et de refuser d'admettre la vérité. Quand je pense que je croyais que c'était mon thé et mon sandwich qui arrivaient !

— Ce n'est donc pas moi que tu attendais ? Je suis déçu.

— D'abord, dit-elle en riant, tu n'es pas du tout mon type.

— Toi non plus. Tu es trop belle, trop sexy, trop…

— Je suis sérieuse.

— Et pourquoi donc ne serais-je pas ton type ?

— Tu es trop vaniteux, trop macho.

— Moi, vaniteux ?

— Oui, prince Valenti. Et trop habillé aussi.

Il éclata de rire.

— C'est vrai. Mais c'est un problème facile à résoudre.

Il se leva et se débarrassa de ses vêtements. Le regard d'Anna devint plus intense quand elle s'aperçut qu'il était de nouveau en érection.

— Tu me préfères comme ça ? demanda-t-il en se recouchant, avant de la prendre dans ses bras.

— Oui, c'est beaucoup mieux.

Il lui embrassa le cou avant de lui mordiller les pointes des seins.

— Draco…, souffla-t-elle.

Il lui prit les poignets et les releva au-dessus de sa tête, pour qu'elle puisse tenir le montant du lit.

— Accroche-toi à ça, dit-il, avant de lui écarter largement les cuisses.

Il la contempla un long moment avant de laisser échapper un murmure rauque.

— Tu es parfaite…

En sentant sa bouche se poser sur son sexe, Anna poussa un cri et se cabra contre sa langue qui la caressait sans répit.

— Regarde-moi, lui dit-il enfin.

Elle obéit, et il la pénétra d'une seule poussée profonde.

Puis ils se mirent à bouger au rythme haletant de leur désir tandis qu'elle nouait en gémissant les jambes autour de ses hanches. Envahie par des vagues de plaisir d'une violence extraordinaire, elle s'arc-bouta enfin dans la jouissance, en poussant un long cri auquel répondit, une seconde plus tard, celui de Draco.

Quand elle ouvrit les yeux et vit que la chambre était plongée dans l'obscurité, Anna comprit qu'elle avait dormi.

Quelqu'un avait éteint la lumière et remonté la couette sur elle. Pas « quelqu'un », Draco. Elle reposait dans ses bras, blottie contre son torse. Elle entendait son cœur qui battait lentement, calmement.

Avec les quelques hommes qu'elle avait connus, elle avait apprécié de rester étendue à bavarder, après avoir fait l'amour. Ensuite, elle expliquait qu'il était tard et qu'elle avait beaucoup de travail le lendemain, ou n'importe quoi d'autre pour leur faire comprendre qu'il était temps de partir. Car c'était toujours dans son lit à elle que ça se passait.

Comme aujourd'hui, même s'il s'agissait de celui de sa chambre d'hôtel.

Une règle à laquelle elle ne dérogeait jamais.

Tant que ça se passait dans votre lit, vous gardiez le contrôle et vous pouviez toujours dire à l'autre que c'était le moment de partir. Vous n'aviez pas l'humiliation de passer devant le portier à 8 heures du matin, vêtue de votre tenue de la veille, pour entrer dans un taxi.

Un jour, alors qu'elle lisait dans un fauteuil du jardin d'hiver de la maison Orsini, elle avait entendu ses frères parler des femmes. Avant qu'elle ait pu se lever pour leur signaler sa présence, Rafe avait expliqué :

— Pour moi, la femme parfaite sait quand elle doit s'éclipser.

Des murmures d'approbation avaient accueilli cette remarque.

— Et surtout, qu'elle ne réclame pas qu'on lui fasse la conversation le matin, avait ajouté Dante.

— Oui, la femme parfaite, avait renchéri Falco, apparaît dans votre lit quand vous en avez besoin, et disparaît ensuite.

En les entendant rire, Anna avait bondi de colère de son fauteuil.

— Sachez que c'est exactement ce que les femmes voudraient, elles aussi. Un homme qui surgirait dans leur lit quand elles en ont besoin et qui disparaîtrait ensuite comme il est venu.

— Tu cherches simplement à nous provoquer, avait lancé Falco, néanmoins très gêné.

Non. Elle cherchait simplement à être honnête. Les femmes aussi aimaient le sexe. Pour la plupart.

Mais les jeunes filles de bonne famille n'étaient pas prêtes à l'admettre.

Ce n'était pas son cas. Elle tenait à appeler un chat un chat, et à dire clairement ce qu'elle voulait et surtout ce qu'elle ne voulait pas.

Il était donc temps de réveiller Draco et de lui dire qu'elle avait beaucoup apprécié ce qui s'était passé entre eux, mais qu'elle avait une dure journée en perspective ; il était temps qu'il rentre chez lui.

Car rien n'était réglé : elle était là pour récupérer la terre dont il se prétendait le propriétaire. Comment avait-elle pu l'oublier d'ailleurs ? Depuis quand se laissait-elle emporter par ses émotions ?

Le désir était une chose, mais le fait de violer son éthique professionnelle en était une autre. Un avocat ne se compromettait pas avec la partie adverse. Elle avait commis une erreur, mais à quoi bon se la reprocher indéfiniment ? Ce qui comptait, c'était de ne pas recommencer.

En relevant la tête, elle rencontra le regard de Draco qui lui adressa un sourire irrésistible.

— Justement, j'allais te réveiller.

Il se souleva et la fit rouler sur le dos pour lui prendre le visage entre ses mains.

— De quelle façon ? s'enquit-il d'une voix rauque qui la fit frémir de désir.

— Draco, écoute-moi.

— Nous avons commis une erreur.

— Je suis contente que tu le reconnaisses.

Elle sentit ses lèvres se poser sur les siennes avec une lenteur délibérée. Dieu, comme elle avait envie de lui rendre son baiser et de se blottir contre lui…

— Ecoute-moi, Draco, reprit-elle.

— Nous sommes adversaires.

Elle poussa un soupir de soulagement.

— Je suis ravie que tu comprennes… J'ai trouvé tout ça très agréable, mais…

— Agréable ? répéta-t-il.

— Plus qu'agréable, mais…

Il lui ferma la bouche d'un baiser plus profond, plus intense, et elle le sentit se raidir contre elle. Une onde de désir l'embrasa.

Non, comprit-elle dans un éclair de lucidité, ce n'était pas un simple moment de plaisir, cela allait bien au-delà. Jamais encore elle n'avait éprouvé une telle sensation de vertige, comme si elle était debout au bord d'une falaise.

Il entra en elle. Le souffle court, inondée de plaisir, elle gémit.

— Dis-moi d'arrêter, chuchota-t-il, et je t'obéirai.

Elle plongea le regard dans celui de Draco.

— Il suffit d'un mot, insista-t-il.

— Très bien. Je veux… Je veux…

En gémissant, elle mit la main dans ses épais cheveux pour attirer à elle son visage.

8.

Elle revint à la réalité le lendemain, à l'aube. Une lumière grise filtrait à travers les rideaux et la pluie tambourinait contre les vitres. Un bras puissant était enroulé autour de sa taille.

Désorientée, elle referma les yeux pour se concentrer…

Brusquement, tout lui revint à la mémoire. La surprise qu'elle avait éprouvée en découvrant Draco sur le seuil de sa chambre.

La nuit avait été… Comment dire ? Incroyable. Fantastique. Et elle s'était sentie électrisée par une passion dévorante qui lui avait ôté toute raison. Sinon, que ferait cet homme, dans son lit, à cette heure ? Sous les effets conjugués de l'épuisement et du décalage horaire, elle s'était endormie une première fois dans ses bras. Et puis de nouveau, après avoir refait l'amour, ce qui ne lui était encore jamais arrivé. Surprise numéro un.

Surprise numéro deux, pourquoi était-il resté ? Il aurait pu partir au cours de la nuit, comme auraient choisi de le faire la plupart des hommes qui n'appréciaient guère les complications du lendemain matin.

Quelques propos compassés : « Utilise la douche le premier. — Mais non, je n'en ferai rien. — J'insiste, je t'en prie. » Un moment ô combien déprimant, qui aurait suffi à étouffer dans l'œuf toute velléité de romance.

Elle se serra contre Draco. C'était si bon de le sentir près d'elle. Et quel amant extraordinaire ! Il savait où la toucher, et comment. Il savait chuchoter et rester silencieux quand il le fallait. Il savait prendre l'initiative ou la laisser faire.

Mais quoi qu'il en soit, le sexe restait le sexe, et rien que ça. Et les femmes qui ne le comprenaient pas s'exposaient à de graves ennuis. Elles tombaient amoureuses. Elles pouvaient même se marier. Et — ô surprise —, elles finissaient très mal en point.

Ce ne serait pas son cas à elle.

Elle en avait parlé quelques mois plus tôt avec sa sœur tandis qu'elles déjeunaient ensemble de salades et de Coca light dans un petit resto du centre-ville. Cela faisait alors deux semaines qu'elles ne s'étaient pas vues et Izzy avait demandé des nouvelles d'un homme avec qui Anna était sortie. Quand Izzy l'avait interrogée pour savoir si c'était « sérieux », Anna avait levé les yeux au ciel et répondu qu'elle ne voyait pas ce qu'il pouvait y avoir de sérieux dans ce genre de choses.

Cet homme était drôle, intéressant, et il savait très bien faire l'amour.

— Voilà tout, avait-elle conclu. Pourquoi gâcher un bon moment ?

Izzy avait posé sa fourchette en soupirant, comme une princesse à qui on aurait dit que le prince charmant n'existait pas et qui n'en aurait pas cru un mot.

— Et l'amour, Anna ?

— L'amour ? Tu ferais mieux d'arrêter de lire ces magazines féminins pleins d'histoires à l'eau de rose.

— Je me demande vraiment ce que tu cherches à prouver.

— Rien. Les femmes n'ont rien à prouver. Tu crois peut-être que seuls les hommes peuvent avoir une approche réaliste du sexe ?

Izzy avait hoché la tête et Anna avait souri ironiquement, avant de revenir sur un terrain moins délicat et plus professionnel : elle défendait une femme qui avait volé un manteau dans un magasin pour son fils, parce qu'elle n'avait pas les moyens de lui en acheter un.

Izzy, quant à elle, expliqua qu'elle était en train de concevoir un jardin pour un de ses amis.

Sa sœur était une rêveuse, une incurable romantique. Mais pas elle, Dieu merci.

— *Buongiorno, bellissima.* Tu as bien dormi ?

Qui n'aurait pas bien dormi après une telle nuit ? Elle se souvenait encore de ses baisers, de ses caresses, de son sexe dur qui s'enfonçait en elle et lui procurait des sensations délicieuses, incontrôlables.

— Anna.

Sa voix rauque la fit frémir. Et quand il lui prit un sein dans la main… Pure réaction physiologique, songea-t-elle en frissonnant. C'était un merveilleux amant et n'importe quelle femme aurait réagi comme elle.

— Anna, répéta-t-il en la forçant à se tourner vers lui.

Il était superbe. Tout en lui était magnifique : sa

mâchoire carrée, son nez romain parfaitement droit, ses yeux si sombres…

Il lui sourit. Et elle eut l'impression que son cœur s'arrêtait de battre.

— Ma belle Anna, chuchota-t-il en plongeant les doigts dans ses cheveux en broussaille pour approcher sa bouche de la sienne et lui donner un long baiser plein de tendresse.

— Arrête de réfléchir, souffla Draco.

Elle eut un mouvement de recul.

— Je ne suis pas en train de ré…

— Mais si, madame l'avocate, dit-il en l'attirant tout contre lui. Tu es en train de te demander ce que tu dois dire. Et faire. Je mettrais ma main au feu qu'en ce moment même tu débats intérieurement pour répondre à certaines questions : pourquoi nous avons fait l'amour, pourquoi j'ai passé la nuit ici, pourquoi tu m'as laissé faire. Nous ne sommes pas devant un tribunal, Anna.

— Heureusement, dit-elle sans parvenir à s'empêcher de sourire.

Il la fit rouler sur le dos.

— Si nous étions devant la cour, Anna, je ne pourrais pas te faire ça… ni ça…

Elle ferma les yeux.

— Draco… Oh ! Draco… Ecoute…

Il l'embrassa. Un baiser qui n'était plus ni doux ni tendre, mais brûlant, plein d'urgence, tout comme les caresses sur ses seins. Lorsqu'il lui ouvrit les cuisses pour y poser la bouche, elle se mit à crier sans plus penser à rien.

*
* *

— Ne me regarde pas, dit-elle, longtemps après, tandis qu'il la fixait. Je suis horrible.

— Tu crois vraiment ? répondit-il avant de la soulever dans ses bras pour la porter jusqu'à la salle de bains. Regarde-toi.

Elle voulut détourner la tête mais il l'en empêcha.

Dans le miroir, elle aperçut une masse de boucles dorées, une bouche gonflée par les baisers, des joues rosies.

Il l'enlaça par-derrière. Puis il lui prit les seins et se mit à en agacer les pointes tandis que son regard devenait plus sombre. Le souffle court, Anna le fixa dans le miroir avant de se regarder elle-même. Jamais elle n'avait rien vécu de si érotique.

Il enfouit son visage dans ses boucles blondes et l'embrassa au creux du cou. En gémissant, elle passa la main derrière le dos pour attraper son sexe dressé. Il poussa un gémissement et l'embrassa dans la nuque.

— Appuie-toi à la coiffeuse, *bellissima*, chuchota-t-il d'une voix rauque en la prenant par les hanches. *Sì*, comme ça.

Elle cria son nom dans un sanglot quand il entra en elle. Autour d'eux, le monde sembla voler en éclats.

Tremblante, les jambes en coton, Anna se redressa et s'appuya contre Draco. Il l'enlaça et enfouit son visage dans ses cheveux jusqu'à ce que leurs cœurs se calment. Puis il la fit pivoter face à lui et la prit dans ses bras.

— Tout va bien ? murmura-t-il.

Elle acquiesça. Il lui effleura les lèvres avant de la soulever et de l'emporter dans la douche.

Ils se douchèrent longuement, chacun savonnant l'autre avec lenteur et sensualité. Lorsqu'ils eurent terminé, Draco enveloppa Anna dans une serviette et la poussa vers la porte.

— Enfile un peignoir, je vais commander le petit déjeuner.

— Serait-ce un ordre ? Tu sais pourtant que je ne suis pas très obéissante, répondit-elle sur le ton de la plaisanterie.

L'étincelle qui brillait dans son regard n'échappa pas à Draco. Jamais encore il ne s'était senti si heureux après avoir fait l'amour.

— Vraiment ?

— Vraiment.

— C'est ce que nous verrons, répondit-il avant de poser ses lèvres sur celles de la jeune femme.

Le petit déjeuner arriva. Entre la salade de fruits et le café, Anna fut assaillie par la réalité de la situation. « Je ne suis pas très obéissante », avait-elle dit. Et il avait répondu : « C'est ce que nous verrons. »

Une phrase lourde de menaces, dans la bouche d'un adversaire. Sauf qu'elle avait couché avec lui. Il était là, dans sa chambre, les cheveux encore humides, et la blancheur des draps faisait ressortir son hâle.

Qu'arrivait-il quand vous laissiez votre amant passer la nuit entière dans votre lit et commander le petit déjeuner ?

Et comment cet homme avait-il pu lui faire oublier ses principes les plus élémentaires ?

— Je donnerais cher pour connaître tes pensées, chuchota-t-il de sa voix rauque avec un sourire.

Un sourire magique. Tendre. Sexy. Viril. Elle en sentit l'effet dans tout son corps. A vrai dire, il lui suffisait de le regarder pour se sentir… bizarre. Comme si elle perdait l'équilibre.

Une impression déstabilisante. Désagréable, même. Ou trop agréable, au contraire. Voilà qui était inexplicable.

— Anna ? Que se passe-t-il ? demanda-t-il en posant sa tasse sur la table de nuit.

— Rien… Je… Je réfléchissais. On pourrait peut-être se mettre d'accord sur la suite ?

— Excellente idée, *cara*.

Il lui prit sa tasse pour la poser à côté de la sienne. Au contact de ses doigts, elle éprouva l'envie urgente de se blottir dans ses bras. Preuve qu'elle perdait réellement la tête.

— Si nous reprenions ? proposa-t-il en se penchant vers elle.

— Non, dit-elle en s'écartant. Ce n'est pas du tout ce que je voulais dire.

— Mais alors, de quoi s'agit-il ? s'enquit-il en plongeant le regard dans celui d'Anna.

— Eh bien… J'espère que tu comprendras… Tout ça, c'était très bien, mais…

— Quoi, tout ça ? Le café ? Le petit déjeuner ? Ou ce qui s'est passé cette nuit entre nous ?

Elle se sentit rougir.

— Si je comprends bien, tu t'es dit que le sexe risquait de compliquer la situation, c'est ça ? ajouta Draco.

— Oui… Je suis ravie que tu l'aies compris. Car la vérité, c'est que nous restons des adversaires.

Il ne répondit pas. Peut-être n'avait-il pas compris, en dépit de son anglais parfait ?

— Tu sais bien, reprit-elle prudemment. L'affaire qui nous oppose… Or, nous avons couché ensemble.

— Charmants propos dans la bouche du *consigliere* d'Orsini : « Nous avons couché ensemble. » Je ne vois pas en quoi cet événement a quoi que ce soit à voir avec notre petit différend, déclara-t-il sur un ton glacial.

— Je…

— Ce n'est pas parce qu'on a *couché ensemble* que tu vas renoncer à essayer de me reprendre ce qui m'appartient ? C'est bien ce que tu essaies de me dire ?

De nouveau, il faisait preuve de son horripilante arrogance aristocratique, comme s'il disait : « Je suis riche et pas toi. » C'était précisément pour ça que les parents d'Anna avaient fui la Sicile.

— Cette propriété ne t'appartient pas, tu le sais aussi bien que moi.

— Elle est à moi, et ce n'est pas un voyou sicilien qui va y changer quoi que ce soit, même s'il envoie sa fille régler le problème dans un lit. Dis-moi, Anna, l'idée de coucher avec moi vient-elle de toi, ou de ton père ?

Sans réfléchir, Anna le gifla. Il la prit par le poignet et lui ramena le bras derrière le dos avant de la forcer à se lever.

— Tu t'imaginais vraiment que j'allais changer d'avis ? Que j'allais t'abandonner cette terre parce qu'on avait couché ensemble ?

— Tu me dégoûtes ! s'écria-t-elle.

— Qu'est-ce qui te dégoûte ? Que je n'aie pas oublié que le sang qui coule dans tes veines est celui de voleurs et de voyous ?

— Dehors ! Sors immédiatement de cette chambre.

— Avec plaisir, dit-il en la lâchant pour ramasser ses vêtements.

— Ecoute-moi bien, répondit-elle d'une voix qui tremblait de colère, même si je dois rester cent ans ici, jamais les Orsini ne te laisseront occuper cette terre.

Au moment où il se tournait vers elle, il lui apparut dans sa superbe nudité. Larges épaules, torse puissamment musclé. Longues jambes.

— Tu te surestimes, *bellissima*, répondit-il avec un rire moqueur. Je te retrouve dans une heure. Tâche d'être prête, je n'aime pas attendre.

— Prête à quoi ?

— Prête à régler cette affaire pour que nous n'ayons plus jamais à nous revoir. Je serai de retour dans une heure et je t'attendrai devant l'hôtel, *il mio consigliere*. Et si tu as dans ta valise une autre tenue que ce tailleur de juriste et ces talons ridicules, je te conseille de la mettre.

— Je te méprise…

Il la prit par le poignet, l'attira à lui et posa sur ses lèvres un baiser dur et froid avant de quitter la pièce.

9.

Le portier de l'hôtel n'était plus le même que la veille et quand Draco lui demanda sa Ferrari, il le contempla d'un air ébahi. Visiblement, il n'était guère habitué aux véhicules de luxe. Effectivement, l'établissement était propre, sans plus. Apparemment, Cesare Orsini ne se sentait pas tenu d'entretenir son émissaire, tout spécial qu'il fût, sur un grand pied.

Draco ravala sa colère, qui ne concernait pas ce malheureux portier, et se contenta d'expliquer que, la nuit précédente, il avait laissé sa Ferrari contre ce trottoir et qu'un portier l'avait garée dans le parking de l'hôtel. Puis il sortit de son portefeuille un billet de cent dollars.

— Comment ai-je pu l'oublier ? s'écria enfin le portier avant de héler un jeune voiturier vêtu d'un costume trop grand pour lui.

Quelques secondes plus tard, la voiture fit son apparition et Draco démarra en trombe après avoir donné un pourboire au jeune homme.

Dès le carrefour suivant, il fut immobilisé dans une jungle de voitures et de motos qui faisaient rugir leurs moteurs comme des fauves en attendant le feu vert. Il réussit pourtant à se faufiler et à démarrer en première ligne, déchaînant un concert de Klaxon rageurs.

Il sentait la hargne lui serrer la gorge. Et c'était sa faute, à elle.

Il ferait mieux d'oublier tout ça, se dit-il en appuyant sur l'accélérateur et en essayant de se concentrer sur sa conduite pour chasser les pensées confuses qui envahissaient malgré lui son esprit.

Mais aussi, comment avait-il pu enfreindre la règle sacrée : ne jamais mélanger le plaisir et les affaires ?

Evidemment, Anna était très attirante. Et alors ? Des femmes aussi belles qu'elle, il en connaissait des dizaines prêtes à sauter dans son lit et à tout faire pour lui plaire.

Son ex-maîtresse était toujours impeccable, parfumée, bien coiffée, maquillée, même si elle s'arrangeait pour avoir l'air très naturel. Combien de temps était-il resté avec elle ? Deux mois ? Jamais il ne l'avait vue décoiffée, sauf pour ajouter du piquant à sa tenue. D'ailleurs, il la soupçonnait de se glisser le matin dans la salle de bains avant qu'il ne se réveille, pour se refaire une beauté.

Evidemment, jamais Anna n'aurait envisagé pareil subterfuge. Ce matin, ses cheveux étaient en bataille et son maquillage n'était plus qu'un souvenir.

Les mains de Draco se crispèrent sur le volant.

En fait, elle avait alors eu l'air d'une femme qui avait passé une nuit merveilleuse dans les bras de son amant. Mais si c'était le cas, pourquoi avait-elle éprouvé le besoin de lui rappeler que leur différend n'était pas soldé simplement parce qu'ils avaient « couché ensemble » ?

Elle n'avait donc rien d'autre en tête que cette fichue

propriété, au fin fond de la Sicile ? Et puis, elle était impossible avec sa manie d'avoir une opinion sur tout. Têtue comme une mule. Provocante. Discutant pour un oui et pour un non.

Comme le trafic devenait plus fluide, Draco accéléra encore. C'était quand même incroyable qu'en se réveillant elle ait tout de suite pensé à cette histoire de propriété, après les heures qu'ils venaient de passer ensemble à faire l'amour.

D'amour, bien sûr, il n'avait pas été question. De sexe, oui. Là-dessus, Anna Orsini avait été très claire, et tant mieux. Au moins, sur ce sujet, elle voyait les choses comme un homme.

« Faire l'amour », c'était une expression hypocrite qu'utilisaient les femmes pour dissimuler le fait qu'elles avaient les mêmes appétits que les hommes.

Et Anna était une femme très sensuelle... Quand il repensait au moment où il lui avait fait l'amour contre le mur, pendant qu'il la tenait par les hanches...

Bon sang, il devait être devenu fou...

Arrivé devant sa villa, il composa un code pour franchir les grilles. Devant le perron, il arrêta le moteur, et resta sans bouger.

Dès le début, il avait éprouvé du désir pour elle mais il s'était refusé à l'admettre. Jusqu'à ce qu'Anna lui ouvre sa porte, et qu'il la voie, belle, sans apprêt, avec ses boucles emmêlées, à la fois solide et fragile... Il eut un rire désabusé. Jusqu'à ce jour, il n'aurait jamais pu penser qu'une femme pouvait avoir l'air fort et fragile en même temps.

Concernant le sexe, elle était honnête, libérée, et Draco aimait ça. Au fond, c'était ridicule de l'accuser de réagir comme un homme. Alors, pourquoi était-il si furieux ? Parce qu'il aurait voulu savoir si elle se comportait ainsi avec d'autres hommes ? Etait-elle, pour eux, aussi torride et sensuelle qu'elle l'avait été pour lui ?

Il donna un coup de poing dans le volant. Non, ce n'était pas ça !

Il avait commis une erreur, un point c'est tout. Jamais il n'aurait dû laisser ce différend avec Cesare Orsini aller si loin. Il aurait dû ignorer sa dernière lettre et s'abstenir de rencontrer son émissaire hors de la présence de son propre avocat. Et s'interdire de coucher avec Anna.

Avait-elle vraiment cru que si elle lui offrait une nuit inoubliable, il allait lui abandonner la propriété en échange ? En vérité, jamais elle n'avait suggéré une chose pareille. C'était lui qui, emporté par la colère, avait formulé cette hypothèse. Il l'avait même accusée de travailler pour son père, même au lit.

Il sortit de la voiture et claqua violemment la portière. Au diable Orsini et sa fille ! Avant que la nuit tombe, il se serait débarrassé d'eux.

Pour aller à Rome, Anna avait emporté peu de vêtements : deux tailleurs, quatre chemisiers de soie, trois paires d'escarpins… Au fait, pourquoi cet arrogant imbu de lui-même avait-il qualifié ses talons de « ridicules » ?

« Quand je pense que je me suis passée de déjeuner pendant un mois pour me les offrir ! »

S'il lui avait fallu marcher avec, il aurait été moins arrogant…

A la pensée de Draco essayant ses talons aiguilles, elle faillit éclater de rire. Mais elle n'était pas d'humeur à récrire l'histoire de Cendrillon. Et le prince Valenti n'avait rien d'un prince charmant !

Elle secoua la tête. Pourquoi avait-il réagi aussi violemment lorsqu'elle lui avait rappelé qu'ils demeuraient des adversaires ? C'était pourtant la stricte vérité.

Peut-être s'était-il imaginé qu'il était un amant si exceptionnel qu'elle allait renoncer à ce qu'elle était venue faire à Rome ?

Elle leva les yeux au ciel tout en dépliant ses vêtements. Décidément, c'était mal la connaître. Elle ne faisait pas partie de ces filles qui tombent amoureuses de tous les hommes avec qui elles couchent. Elle, elle avait un cerveau qui fonctionnait, et même très bien.

Ce qu'elle appréciait dans le métier de juriste, c'est qu'il y avait un mot juste pour désigner chaque chose, si vous en aviez besoin.

De la même façon, quand on parlait de sexe, à quoi bon faire semblant ? Et pourquoi employer l'expression « faire l'amour », là où l'amour n'avait pas de place ? Oui, pourquoi faire comme si le cœur était impliqué dans cet acte purement physiologique ?

Pour elle, comme elle l'avait dit à Draco, une nuit de sexe ne changeait rien, et elle n'avait aucune envie de s'impliquer. Car, lorsqu'une femme avait le malheur de confondre sexe et sentiments, c'était bien souvent pour son malheur. Ne connaissait-elle pas des femmes qui ne restaient avec un compagnon violent que pour conserver un toit ? Sans parler de sa propre mère, Sofia Orsini, qui continuait à vivre avec son mari parce que, en Sicile, un divorce était encore un déshonneur.

Elle écarta une mèche qui lui tombait sur le front.

Pas question de marcher sur les traces de sa mère. Elle n'avait nul besoin d'un homme. Même si elle s'était mariée un jour, elle n'aurait pas hésité à divorcer s'il l'avait fallu. Sauf qu'elle n'en aurait jamais l'occasion. Le mariage « pour le meilleur et pour le pire » ne faisait pas partie de ses projets.

Elle aimait bien la compagnie des hommes et le sexe pratiqué en toute honnêteté. Sans commerce, sans promesses ni mensonges.

Et si Draco Valenti n'appréciait pas l'honnêteté dont elle avait fait preuve tout à l'heure, eh bien, tant pis pour lui. Elle n'était pas près d'oublier l'accusation qu'il lui avait jetée à la face en suggérant qu'elle n'avait couché avec lui que pour le faire changer d'avis au sujet de la propriété.

Cela l'avait d'autant plus blessée qu'avec lui l'amour… euh, le sexe avait été…

Enfin, il valait mieux oublier tout ça. Et penser à l'avenir.

Où pouvaient bien être le jean, le vieux T-shirt et les tennis qu'elle était certaine d'avoir emportés et qu'elle adorait porter ? Ah, ils étaient là, rangés sur l'étagère.

Un T-shirt vintage des années soixante-dix déniché dans une petite boutique de Soho, que sa sœur lui avait offert pour son anniversaire. Gris et un peu passé, mais les mots imprimés sur le devant restaient parfaitement lisibles :

« Un homme est aussi utile à une femme
Qu'une bicyclette à un poisson. »

Une vérité qui n'avait pas pris une ride !

Elle ôta son peignoir pour passer un soutien-gorge et une culotte, et enfila son jean et son T-shirt.

Elle s'inspecta dans le miroir. Draco s'attendait sans doute à ce qu'elle revête son tailleur, une tenue par ailleurs parfaitement adaptée à l'atmosphère compassée de son bureau.

S'il croyait qu'elle allait se laisser impressionner, il en serait pour ses frais. Elle n'abandonnerait pas. Grâce à son argent, Cesare pouvait s'offrir tous les traducteurs et tous les juristes dont elle aurait besoin. Sans parler de la presse, toujours à l'affût d'affaires impliquant des célébrités, comme elle l'avait dit à Draco. Cesare ne serait certainement pas ravi non plus de ce genre de publicité, mais elle s'en moquait. Maintenant qu'il l'avait envoyée ici, c'est elle qui tenait les manettes.

Elle prit son sac à main.

A présent, inutile d'espérer qu'elle serait de retour chez elle demain. Elle resterait à Rome tout le temps nécessaire pour récupérer la propriété de sa mère. Elle ne savait pas encore comment elle s'y prendrait, mais elle réussirait.

Après quoi, le prince Draco Valenti pourrait aller au diable.

10.

A l'instant même où il garait sa voiture le long du trottoir de l'hôtel, Draco aperçut Anna, à quelques mètres, illuminée par le soleil qui avait succédé à la pluie.

Elle avait suivi son avis : ni tailleur ni talons. Un jean, des tennis et un T-shirt. En lisant l'inscription dont s'ornait celui-ci, il comprit que la journée serait longue.

Droite comme un I, le menton relevé, elle semblait défier le monde. Les boucles dorées de sa chevelure cherchaient déjà à s'échapper du lien qui les retenait.

Délicate, mais dure comme l'acier.

Le portier se précipita vers la Ferrari pour ouvrir la portière à la jeune femme, mais celle-ci l'écarta d'un geste et d'un regard dissuasif. Son T-shirt lui moulait la poitrine comme une seconde peau, et Draco eut subitement envie de l'attirer contre lui et de l'embrasser jusqu'à ce qu'elle noue les bras autour de son cou et le supplie de lui faire l'amour — sauf qu'il ne s'agissait pas d'amour mais de sexe, comme elle le lui avait si justement fait remarquer. Il esquissa un sourire involontaire qu'il réussit à transformer en grimace.

— Tu trouves ça drôle ? lança-t-elle en croisant les bras sur la poitrine.

— Pas du tout, dit-il en se penchant pour lui ouvrir la portière. Monte.

— Inutile de m'ouvrir, je sais faire ça toute seule, répondit-elle sur un ton glacial.

Cette fille avait besoin d'une petite leçon de politesse, se dit Draco, et il n'allait pas manquer de la lui donner au cours des quelques heures qu'il allait devoir passer avec elle.

— Excuse-moi. J'ai failli oublier que tu n'avais pas la moindre éducation.

Elle rougit sous l'attaque.

Parfait.

— Tu t'es mal comportée avec le portier, reprit-il. Cet homme ne cherchait qu'à faire son travail.

— Un travail sans utilité.

— Mais qui lui permet de se nourrir, contrairement à toi qui n'as jamais eu à t'en soucier.

Anna se sentit rougir de plus belle. Il avait raison, même s'il n'avait, lui, jamais connu ce genre de préoccupation. Sans doute ne faisait-il pas très attention à ses dépenses, contrairement à elle — depuis qu'elle était entrée à la fac, elle avait refusé toute aide de son père ou de ses frères.

— Tu te décides à monter ?

Elle se glissa sur le siège passager avant de se tourner vers Draco.

— Toi, évidemment, tu sais ce que c'est d'avoir à s'inquiéter chaque matin de ce qu'on va manger.

Draco se souvint des nombreuses années où il ne s'était autorisé qu'un repas par jour pour réussir à payer ses études — sans d'ailleurs les terminer.

Mais s'il n'en avait jamais parlé à quiconque, ce n'était pas pour se confier aujourd'hui à Anna Orsini.

Il démarra en trombe.

— Oh, tu sais, ce n'est pas toujours si facile de savoir où trouver des truffes et du caviar.

Plaisantait-il ? Au fond, voilà qui lui était bien égal. Elle méprisait Draco Valenti, même si elle avait couché avec lui. Et maintenant, il lui faisait payer son erreur en la forçant à lui obéir. Car que faisait-elle dans sa voiture, comme si elle avait été son esclave ? Elle ne savait même pas où il l'emmenait. Pourquoi n'avait-elle pas mis son tailleur strict ?

Et surtout, surtout, pourquoi s'était-elle abandonnée au désir dans ses bras ?

Parce qu'elle en avait eu envie, voilà tout. Comment ne pas reconnaître qu'il était sexy, drôle, intelligent ? Arrogant, aussi, mais cela ne lui déplaisait pas, en fait. La vérité, c'était qu'elle aimait qu'il lui résiste… Et plus encore qu'il la prenne dans ses bras et la serre contre son corps viril…

— Tu souris… ? demanda Draco, visiblement étonné.

Elle se tourna vers lui, horrifiée. Heureusement qu'il ne lisait pas dans ses pensées…

— Je réfléchissais, bredouilla-t-elle.

Elle réfléchissait ? se demanda Draco. Avec ses yeux légèrement humides et ses joues rouges, Anna lui rappelait la femme passionnée qu'il avait serrée dans ses bras, quelques heures plus tôt. Il se souvenait de son corps tiède et de ses cris d'extase…

Il secoua la tête pour chasser ces pensées gênantes de son esprit.

— Tu ferais mieux de te concentrer pour garder ta lucidité, maugréa-t-il.

— Me concentrer sur quel sujet ?

— Cette propriété de Sicile qui m'appartient.

— Tu veux parler de la propriété des Orsini ?

Ils roulèrent quelques minutes en silence.

— Ce n'est pas la direction de ton bureau. Où allons-nous ?

— Là où nous pourrons régler ce problème ridicule.

— Si tu essaies de nouveau de me séduire…

— On ne t'a jamais dit que tu étais présomptueuse ?

— Tu es vraiment un goujat.

Il éclata de rire, et le visage de la jeune femme se ferma davantage encore. Mais que ferait-elle s'il s'arrêtait sur le bas-côté et la prenait dans ses bras pour l'embrasser ?

Mais non, elle ne présentait plus aucun intérêt pour lui…

— J'exige que tu me dises immédiatement où tu m'emmènes.

— En Sicile.

Sur le visage d'Anna, la colère fit place à l'ébahissement.

— En Sicile ?

— Oui.

Au même moment, ils passèrent devant un panneau portant les mots « Aeroporto Ciampino ».

— Non ! répondit-elle sans hésiter.

— En fait, dit Draco en accélérant, nous sommes en retard. Il faut que nous ayons décollé avant…

— Jamais je ne t'accompagnerai en Sicile.

Il tourna brusquement le volant pour garer la voiture sur le bas-côté.

— Inutile de jouer sur les mots. Tu es venue en Italie pour représenter ton père et tu m'as menacé…

— Menacé ? T'ai-je mis un revolver sur la tempe ?

D'un mouvement souple, Draco se tourna vers elle et la prit dans ses bras.

— Tu ne m'intimides pas, dit-il d'une voix rauque en posant la main sur ses seins, et je n'ai pas peur de toi. Mais quand je te sens contre moi et que tu me regardes de cette façon, *Dio*, je perds complètement la tête.

— Je ne comprends pas ce que tu veux dire. Tu ferais mieux de me laisser partir, sinon…

Il la prit par la nuque pour poser la bouche sur la sienne. Elle tenta de se dégager, mais un gémissement lui échappa et elle ne put s'empêcher de desserrer les lèvres. Draco lui donna un baiser long et profond qui la laissa tremblante.

— C'est insensé…, balbutia-t-elle quand il finit par s'écarter. Nous ne pouvons pas…

— Mais si, nous pouvons, chuchota-t-il.

Il l'embrassa de nouveau avec tant de douceur qu'elle se sentit fondre dans ses bras.

— S'il te plaît…, murmura-t-elle. Non.

Draco la serra contre lui. Il savait qu'Anna le désirait. Il le sentait à sa voix, à la manière dont elle tremblait dans ses bras et dont elle se pelotonnait contre lui. Un autre baiser, une autre caresse, et elle chuchoterait son prénom, lui tendrait sa bouche et l'embrasserait avec toute la passion qu'il lui connaissait.

Mais il se contenta de la serrer contre lui et d'enfouir son visage dans sa chevelure un long moment avant de relever la tête. Elle poussa un soupir et se redressa pour plonger son regard dans le sien.

Anna, si délicate et si forte. Son Anna, si belle.

— Anna…

Il écarta les mèches qui s'étaient échappées de sa queue-de-cheval.

— Il nous arrive une drôle de chose, *bellissima*.

— Nous ressentons une attirance réciproque. Ça n'a rien d'extraordinaire.

Pourquoi cette froide constatation suffisait-elle à le mettre en colère ? se demanda-t-il avec exaspération.

Après un regard à son rétroviseur, il reprit la route.

— Une seule nuit ne nous suffira pas, conclut-il.

Anna tira ses cheveux en arrière et les rattacha avant de croiser les mains sur ses genoux pour dissimuler qu'elles tremblaient.

— De toute façon, ça ne change rien à ce qui nous oppose.

— Parfaitement, et si nous allons en Sicile, c'est justement pour régler la question, une fois pour toutes. Après…

— Après, coupa-t-elle d'un ton ferme, je rentrerai chez moi.

L'avion était un petit jet privé dont l'intérieur était luxueusement décoré. Draco serra la main du pilote puis fit entrer Anna.

— J'ai dû le louer, lui dit-il. Le mien arrivera bientôt à Rome, en provenance d'Hawaii.

Rome, Hawaii, la Sicile, songea Anna. Et les documents que lui avait remis son père portaient une adresse à San Francisco. Visiblement, le prince voyageait beaucoup.

Et elle aurait mis sa main au feu qu'il avait une maîtresse dans chaque endroit. Comment aurait-il pu en être autrement ? Elle avait connu des hommes qui s'imaginaient être des séducteurs, mais aucun susceptible de rivaliser avec Draco…

Mais cela ne changeait rien. Bientôt, elle aurait vu ce qu'il tenait tant à lui montrer, et Rome, la Sicile et le prince Valenti ne seraient plus que de l'histoire ancienne.

Une heure plus tard, ils atterrirent à Catane où les attendait le gros 4×4 réservé par Draco, et grâce auquel ils devaient se rendre à Taormina. Une fois sur la route, Anna comprit immédiatement pourquoi il avait choisi ce véhicule.

Taormina était, elle le savait, très touristique. Un charmant village aux rues pavées et sinueuses, construit dans un cadre magnifique : la mer Ionienne, d'un bleu stupéfiant, le mont Etna d'une beauté à couper le souffle et dont le sommet se découpait sur un ciel sans nuage.

Mais dès qu'ils l'eurent dépassé, la route s'enfonça dans la montagne et se fit plus étroite et plus accidentée.

— Je croyais que la propriété des Orsini était située à Taormina ? déclara Anna en s'agrippant à son siège.

— Tu veux parler de ma propriété ?

— Contente-toi de répondre à ma question. Elle se trouve à Taormina ou non ?

— Plus ou moins. Ici, la notion de territoire n'est pas exactement la même qu'à Rome. Ni qu'à Manhattan.

— Peut-être aurions-nous mieux fait de nous arrêter à la mairie. Ou au cadastre.

— Mes juristes ont déjà envoyé des copies de ces documents à ton père. Tu ne les as pas lus ?

— Bien sûr que si, prétendit-elle. Et cela ne m'a pas fait changer d'avis. Mais j'aurais préféré les avoir sous la main aujourd'hui.

— J'ai aussi envoyé des photos à ton père. Il te les a montrées ?

— Quel genre de photos ? s'enquit Anna tout en cherchant fébrilement dans sa mémoire.

Draco leva la main qui tenait le levier de changement de vitesses.

— Qu'est-ce que tu vois ?

Elle ne voyait qu'une main hâlée, forte et virile. Une main qui avait récemment caressé toutes les courbes de son corps…

— Alors, que vois-tu ?

— Une main, répondit-elle en détournant la tête. Suis-je censée te féliciter d'en posséder une au lieu d'un tentacule ?

— Très drôle.

— Merci. Ecoute-moi, tu trouves sans doute très amusant de…

— Tu vois cette bague ?

Effectivement, une bague. Ancienne, de toute évidence.

— Ce sont tes armoiries ? Je ne l'avais pas remarquée.

Il négocia un virage en épingle à cheveux, ce qui donna à Anna l'impression qu'ils allaient dégringoler dans la mer.

— Je ne l'ai mise que pour te la montrer. Je n'aime pas les bijoux, mais celui-ci est inestimable et vieux de plus de mille ans.

— Et les armoiries ?

— Ce sont bien celles de ma famille. Gravées dans le marbre du vieux palais romain que mon père avait laissé à l'abandon.

— Je ne vois pas le rapport avec…

Il freina et le véhicule s'immobilisa.

Le spectacle qu'Anna découvrit alors lui coupa le souffle. Un château. Ou plutôt les ruines d'un château : un donjon aux marches de pierre, des murs rongés qui se détachaient sur le bleu du ciel.

Draco descendit de voiture et lui tendit la main qu'elle prit après un instant d'hésitation. Lentement, ils traversèrent une clairière.

— Regarde ce mur. Tu vois ce qui est gravé au-dessus des marches ?

Le cœur d'Anna se mit à battre la chamade.

— Ce sont… tes armoiries.

— Une preuve plus convaincante que n'importe quel grimoire.

Un faucon qui planait au-dessus d'eux poussa un cri déchirant.

— Un de mes lointains ancêtres a fait bâtir cette forteresse qui fut jadis magnifique. Contrairement à mon père et à mon grand-père qui ont déshonoré notre nom, c'était un homme respecté. Ses descendants et lui savaient protéger leurs vassaux et leur château des voleurs et des barbares, mais, à la fin, des envahisseurs venus de la mer se sont emparés de leurs terres. Ensuite, qui sait comment, un de mes ancêtres s'est retrouvé à Rome et peut-être a-t-il préféré oublier ce domaine ? Jusqu'à l'année dernière, j'ignorais tout de ce château, de cette terre, et même des liens qui unissaient les Valenti à la Sicile.

— Comment les as-tu découverts ?

— J'avais passé deux jours à Palerme, pour affaires. Soudain, j'ai éprouvé le besoin de me mettre un peu au vert. J'ai loué une voiture…

— Et tu as atterri ici.

— Tout à fait par hasard. Je ne sais pas pourquoi, mais, après le virage, j'ai été attiré par cette ruine qui m'a semblé étrangement familière. Je suis sorti de la voiture, j'ai fait quelques pas…

Anna passa le doigt sur les armoiries gravées dans la pierre avant de poser la main sur le bras de Draco, dur comme de l'acier.

— Et tu as reconnu le blason des Valenti.

Il acquiesça en haussant les épaules, comme si c'était sans importance. Mais son regard disait tout le contraire.

— Alors j'ai su… comment t'expliquer ? Que le sang d'hommes braves et valeureux coulait dans mes veines.

— Je comprends, répondit Anna, émue. Et maintenant, tu veux restaurer ce château.

— Oui. D'après mon architecte, c'est une idée complètement folle.

Etait-ce donc là le vrai Draco Valenti ? se demanda Anna, bouleversée. Cet homme arrogant avait donc un cœur ?

— Je sais à quel point il est important pour toi de gagner dans cette affaire, Anna. Combien tu souhaites que cette propriété soit dans ta famille, mais…

Au diable la raison…

Anna noua les mains derrière la nuque de Draco, et posa les lèvres sur les siennes.

11.

A peine l'avion eut-il décollé que Draco enlaça la jeune femme, qui lui rendit ses baisers et ses caresses avec un abandon passionné, lui arrachant un gémissement de désir.

— *Bellissima*, tu me rends fou, balbutia-t-il. Jamais je n'ai désiré une femme comme je te désire. Mais mieux vaut attendre d'être seuls et d'avoir tout notre temps.

Anna se blottit contre lui et ferma les yeux pour humer son odeur chaude et musquée. Pour elle, c'était devenu le parfum même du désir.

— Je veux que nous fassions l'amour dans mon lit, pas dans un avion ou dans une chambre d'hôtel.

Ces mots, il n'avait pas prévu de les prononcer, et il n'était même pas certain de savoir ce qu'ils voulaient dire. Mais ils étaient sincères. Pourtant, jusqu'à ce jour, il aurait pensé qu'ils étaient réservés aux incurables romantiques.

— Oui, souffla Anna avec un sourire. Dans ton lit. Pour faire l'amour.

— Anna, *il mio amore*…

Il l'embrassa passionnément et la tint serrée contre lui durant tout le vol jusqu'à Rome.

*
* *

Dans l'obscurité de la nuit, seules la lune et quelques rares étoiles éclairaient la Via Appia. Les hauts pins bruissaient doucement dans la chaude brise d'été.

Draco guida Anna à travers la pénombre de la villa jusqu'à sa chambre, où une lampe de chevet diffusait une pâle lumière. Puis il l'attira à lui.

Avec sa longue chevelure d'or pâle dénouée dans le dos et ses magnifiques yeux bleus, elle surpassait en beauté toutes les femmes qu'il avait connues. Même son prénom était magnifique, songea-t-il en la prenant dans ses bras pour l'embrasser.

Elle se mit sur la pointe des pieds pour lui rendre ses baisers.

Presque comme si c'était leur première nuit. Elle le sentait, elle aussi, il le devinait. Elle lui jeta un regard lumineux et interrogateur.

Leur précédente nuit avait été incroyable de passion et de désir. Mais celle-ci… Celle-ci serait différente, nouvelle, impétueuse, comme la tempête qu'il sentait monter en lui.

Anna recula d'un pas et fit un geste pour ôter son T-shirt, mais il lui prit les poignets et porta ses doigts à ses lèvres pour les embrasser longuement, avec tendresse.

— Je veux te déshabiller, murmura-t-il.

— Oui, répondit-elle d'une petite voix.

Les mains tremblantes — lui qui n'avait jamais tremblé —, il la débarrassa de son T-shirt qui glissa sur le sol. Son soutien-gorge de soie pêche se confondait presque avec sa peau. Comme des fruits mûrs, ses seins semblaient s'offrir à ses baisers et à ses caresses. Il baissa la tête pour en savourer les courbes. Aussitôt, la jeune femme gémit et prit ses seins dans ses paumes, comme pour s'offrir à lui, mais il l'arrêta d'un geste.

Pas encore. Pas si vite.

Il défit la fermeture de son jean, sans quitter le regard d'Anna. Il vit s'enflammer son visage, sa poitrine se soulever plus vite. Elle gémit de nouveau.

Il avait beau être déjà prêt, il tenait à faire durer ce moment, quoi qu'il lui en coûte. Cette nuit, il n'avait pas l'intention de se précipiter.

Il s'agenouilla pour lui ôter ses tennis et contempla ses pieds nus délicieusement cambrés. Puis il se releva et fit lentement glisser le jean d'Anna sur ses hanches.

Maintenant, elle n'était plus vêtue que de son soutien-gorge et de sa culotte. Sans cesser de la fixer droit dans les yeux, il fit un pas en avant et plaqua sa paume entre ses cuisses.

Elle poussa un cri.

Il sentit s'évanouir toutes ses belles résolutions.

— Anna…, murmura-t-il.

— Draco, répondit-elle en lui adressant un sourire à la fois tendre et malicieux, terriblement tentateur.

Déjà, elle déboutonnait son pantalon et prenait dans sa main son sexe dressé, le pressant doucement.

— Maintenant, balbutia-t-elle, lui ôtant définitivement toute possibilité de penser.

Il la souleva pour la transporter jusqu'au lit, la dénuda entièrement, et se pencha au-dessus d'elle. Elle se cabra contre lui, cherchant sa bouche, enroulant sa langue autour de la sienne, lui mordillant la lèvre tout en gémissant.

Il lui prit les poignets et les ramena au-dessus de sa tête.

— Dis-moi ce que tu veux, Anna.

— Toi, toi, Draco, je te veux, toi. J'ai envie…

— Moi seul ?

— Oui, toi seul.

Il s'enfonça profondément en elle. Elle cria de plaisir dans la nuit et il sentit ses muscles se contracter autour de son sexe.

— Ouvre les yeux. Regarde-moi.

— Draco…, dit-elle dans un sanglot. Draco.

Il passa les mains sous ses fesses pour la soulever et l'emporter au rythme de son désir. Les cheveux dénoués sur l'oreiller, les mains agrippées à ses épaules, elle s'abandonna à lui, totalement.

— Je veux que tu jouisses encore une fois…

Bientôt, elle cria son prénom et il sentit ses doigts se crisper sur ses épaules. Puis il s'abandonna à son tour à la jouissance qui le consumait.

La nuit romaine se referma doucement sur leurs corps enlacés.

Le temps glissait sur eux.

Une minute ? Une heure ? Anna n'aurait pas su le dire. D'ailleurs, quelle importance ?

Seuls comptaient le corps de Draco pressé contre le sien, sa peau aussi moite que la sienne, leurs cœurs qui battaient au même rythme, leurs souffles haletants. Leurs membres mêlés au point qu'elle ne sentait plus les limites de son corps. Elle aurait pu rester ainsi pour toujours, songea-t-elle en soupirant.

— Je suis trop lourd, je t'écrase, murmura-t-il en s'écartant.

Mais elle lui embrassa l'épaule en l'attirant plus près encore.

— Reste comme ça, murmura-t-elle.

Il rit et roula sur le côté sans la lâcher. Puis il s'allongea sur le dos tout en l'entraînant, et elle se retrouva au-dessus de lui.

— J'avais un projet, dit-il en souriant.

— Lequel, Votre Altesse ?

— Celui de te faire l'amour très lentement, répondit-il en lui caressant le dos.

— Ah, ce projet ? lança-t-elle en posant les mains sur le torse de Draco. Je dirais que nous ne nous sommes pas trop mal débrouillés, toi et moi.

Elle sourit malicieusement.

— Mesdames et messieurs les membres du jury, commença-t-elle d'une voix forte, celle qu'elle avait au tribunal quand elle plaidait, tout tend à prouver que…

Il l'interrompit en la prenant par le cou pour l'embrasser sur la bouche. Un baiser doux et tendre. Comme une coulée de miel qui inondait tout son corps. Et son cœur.

Soudain, sans pouvoir se contrôler, Anna se mit à trembler.

— Anna, qu'est-ce qui t'arrive ?

— Draco…, murmura-t-elle en cherchant ses lèvres dans un élan plein de passion et de tendresse. Draco…

Une fois encore, ils perdirent tout contact avec la réalité.

*
* *

Les baisers de Draco réveillèrent Anna au milieu de la nuit.

— Mumm, fit-elle d'une voix ensommeillée.

Il sourit en effleurant ses lèvres des siennes.

— Anna, je connais le sens de ce « mumm ». Il veut dire : « Moi aussi, Draco, j'ai faim. Je ne me rappelle même plus quand j'ai mangé pour la dernière fois. »

— C'est vrai, reconnut-elle en clignant des yeux.

— Il faut que nous mangions pour reprendre des forces. Accessoirement, c'est ce qui permet à un homme de répondre aux terribles exigences que la femme lui impose.

— Quelle abnégation ! répliqua-t-elle d'un ton taquin.

Il lui mordilla tendrement la lèvre inférieure.

— De quoi as-tu envie ?

Elle enfouit les mains dans ses épais cheveux.

— Que dirais-tu d'un hamburger avec des frites ?

— Pourquoi pas des pâtes à la tomate, avec des olives noires et de l'ail ? Du fromage romain fraîchement râpé, et tout ce que nous pourrons trouver d'autre dans le frigo.

— J'ai l'impression d'entendre le propriétaire du petit restaurant italien en bas de mon bureau.

Draco rejeta le drap et s'assit sur le lit.

— Sauf que tu as devant toi un cuisinier hors pair.

— Toi ?

— Moi, lança-t-il avant de se diriger vers une porte qu'Anna supposa être celle du dressing.

Il était vraiment superbe, tout en muscles.

L'image même de la virilité. Mais bien plus encore. Tellement plus.

Charmeur, fort, décidé. Dogmatique, arrogant. Tendre et doux tout à la fois. Plein de contradictions.

Merveilleux. Oui, merveilleux, et pas seulement au lit, mais de tant d'autres façons. Elle aimait discuter avec lui, plaisanter avec lui. Elle adorait qu'il la tienne dans ses bras.

Elle aimait… Elle aimait…

— Anna ?

Elle ouvrit les yeux. Il était de retour, vêtu d'un simple pantalon de jogging, et il lui tendait un peignoir bleu en éponge. Une idée folle traversa alors l'esprit d'Anna. Mais non, on ne tombait pas amoureuse d'un homme en quarante-huit heures ! Pas elle, en tout cas.

L'amour, elle ne savait même pas ce que c'était… Si, en fait, elle savait. C'était un piège, une manière par laquelle la nature renvoyait une femme à son statut de citoyenne de deuxième classe. Si vous vous en remettiez à un homme, il faisait de vous ce qu'il voulait, que ça vous plaise ou non.

— *Bellissima*, tout va bien ?

— Ce n'est rien. Il se fait tard, très tard. Je vais rentrer à mon hôtel.

— Comment ?

Il la fixa d'un regard ébahi.

— Je ne veux pas que tu t'en ailles.

Elle prit le peignoir et l'enfila à la hâte.

— Ce n'est pas toi qui décides, répondit-elle d'une voix cassante.

Elle détestait la façon dont il la regardait. Elle détestait le trouble qui la submergeait et lui faisait perdre tous ses repères. Elle détestait toute cette confusion en elle, et cette main de glace qui lui broyait le cœur…

— Si je veux partir, ça me regarde…

Il la prit dans ses bras.

— Jamais je n'aurais cru que le *consigliere* d'Orsini serait un lâche.

— Je ne suis pas lâche ! protesta-t-elle. Et arrête de m'appeler comme ça ! Je hais mon père et ses trafics, et la seule famille que je me reconnaisse, ce sont mes frères et ma sœur. Si tu ne me lâches pas immédiatement, je… je…

Il murmura quelques mots en italien, l'attira à lui et l'embrassa. Vainement, elle tenta d'échapper à ce baiser, aux sentiments qui l'envahissaient, au flot d'émotion qui l'inondait.

— *Lo so, tesoro*, murmura-t-il en posant les lèvres sur les siennes. Je sais. Ni toi ni moi, nous ne comprenons ce qui nous arrive. C'est si différent, n'est-ce pas ? Ce sentiment, cette émotion…

Elle laissa échapper un petit rire.

— Cuisinier *et* philosophe ? En pleine nuit, on ne peut pas demander mieux !

Il rit en la serrant contre lui. Ainsi, elle pouvait sentir battre son cœur, tout contre le sien. Un long moment, ils restèrent enlacés.

— Draco…, murmura-t-elle.

— Anna…

Il lui prit le visage entre ses mains et l'embrassa si tendrement qu'Anna sentit les larmes lui monter aux yeux.

Au bout d'un long moment, il noua la ceinture du peignoir qu'elle portait. Puis il la contempla des pieds à la tête avec un sourire qui illumina le cœur d'Anna.

— *Sei così bella.*

Il lui prit la main et l'entraîna vers la cuisine, dans la pénombre de la villa endormie.

12.

Si elle ne savait pas encore ce qu'il valait comme cuisinier, elle découvrait à présent que Draco savait faire un excellent *espresso.* Anna le reconnut tandis qu'ils dégustaient celui-ci dans le jardin, assis à une petite table au plateau de marbre.

— Même ma mère n'en fait pas de meilleur, avoua-t-elle.

— Ton compliment me va droit au cœur, dit-il en riant.

Le soleil levant dorait le jardin et les pins qui l'entouraient.

— Quel endroit merveilleux, soupira Anna. Il ne manque que la musique.

— *Les Pins de Rome ?*

— Exactement ! répondit-elle, surprise. Moi qui croyais être seule au monde à aimer Respighi.

— Personnellement, j'hésite entre Respighi et Mike Jagger.

Elle rit.

Comme il aimait son rire, songea Draco. Il n'avait rien de forcé ni d'artificiel, contrairement à celui de tant de femmes qu'il connaissait.

Il l'attira sur ses genoux pour l'embrasser et glissa les doigts sous son peignoir. Elle gémit tandis qu'il lui caressait la poitrine, mais elle lui prit la main et l'immobilisa fermement entre les siennes.

— Draco Valenti, n'oublie pas que nous avons faim. Il faut reprendre des forces, tu l'as dit toi-même.

Ils se levèrent en riant, et retournèrent dans la cuisine où mijotait depuis une heure la sauce préparée par Draco : ail, oignons, tomates, céleri.

— Ça sent bon, déclara Anna.

— Nous autres, Italiens, nous avons le *ragù* dans le sang !

Il prit une cuillère pour remuer le contenu de la casserole.

— Tu veux goûter ? proposa-t-il.

— Tu cherches à m'engraisser ?

— Tu es parfaite comme tu es.

— Menteur.

— Tes courbes sont très féminines. Sexy. Allons, goûte un peu, et dis-moi ce que tu en penses.

— Tu es trop autoritaire.

— Arrête de râler et goûte cette sauce.

Au moment où elle se penchait, il écarta la cuillère et embrassa Anna.

— Mumm… J'ai l'impression que « mumm » est devenu la base de mon vocabulaire, murmura-t-il.

— Du mien aussi, dit-elle en repoussant une mèche brune sur le front de Draco.

— Dans ce cas…

Il se remit à l'embrasser. Sans fin… Anna lui caressa la joue. La rugosité de sa barbe naissante la faisait vibrer. C'était si viril. Comment avait-elle pu s'imaginer que se réveiller entre les bras d'un homme tuait le désir ? Avec Draco, le sexe matinal était absolument divin.

— Quel air songeur, *bellissima* !

Elle cligna des yeux. Draco l'observait avec cette intensité particulière qu'elle avait d'emblée remarquée dès leur première rencontre.

— Anna, dit-il en posant sa cuillère pour la prendre dans ses bras. Que se passe-t-il ?

Elle lui sourit.

— Je me disais simplement que c'était la première fois de ma vie que je mangeais des pâtes au petit déjeuner.

Puis elle s'écarta et se mit à remuer la sauce sans rien ajouter.

Dans un placard, Draco prit une autre casserole pour faire cuire les pâtes.

Etait-ce vraiment à ça que pensait Anna ? Pour lui aussi, ces pâtes au petit déjeuner, c'était une première…

Mais, ce matin, il découvrait bien d'autres choses encore.

Parler, prendre le petit déjeuner avec une femme… Sans se soucier le moins du monde de ses affaires, ce qui lui aurait paru inconcevable hier encore. Sans se préoccuper, dès son réveil, de son agenda, ni de l'ouverture de la Bourse new-yorkaise.

Tout cela à cause d'une femme.

Qu'est-ce que cela pouvait bien signifier ?

L'eau se mit à bouillir.

Il baissa le feu tout en regrettant de ne pas pouvoir aussi aisément maîtriser la flamme intérieure qui le dévorait.

Anna continuait à tourner la sauce avec une telle concentration qu'on aurait cru que sa vie en dépendait. Etait-elle aussi troublée que lui ?

La veille, il lui avait dit qu'il leur arrivait quelque

chose. Mais quoi ? Il avait besoin de temps et d'espace pour s'éclaircir les idées.

— Draco ?

Le visage d'Anna lui parut soudain très pâle.

— Il faut que je m'en aille, déclara-t-elle sans le regarder. Que je retourne à New York.

Il ne répondit pas. Elle poussa un soupir.

— Désormais, je n'ai plus aucune raison de rester en Italie. Cette terre t'appartient. Je ne comprends même pas comment mon père a pu prétendre le…

— Je vois, la coupa-t-il d'un ton froid.

Brusquement, il sentait monter en lui une colère irrépressible. Contre elle et contre lui-même. Il s'approcha et la prit par les épaules pour la forcer à se lever.

— Anna, tu ne vas partir nulle part.

— Ne sois pas ridicule. Il le faut.

— Ce qu'il faut, c'est que tu restes ici.

— Non…, répliqua-t-elle d'une voix paniquée. Je ne peux pas. Mon travail…

— Moi aussi, j'ai du travail. Appelle ton bureau pendant que j'appellerai le mien. Dis-leur que tu seras absente une semaine.

— Je ne peux pas…

Il la prit dans ses bras et se mit à l'embrasser. Encore et encore.

— Arrête, dit-elle dans un souffle, je ne peux plus réfléchir quand tu…

— Je ne te demande pas de réfléchir, je te demande d'agir.

Comment pouvait-il se montrer si sûr de lui, si arrogant ? Si autoritaire, si certain que, puisqu'il était un homme, il allait réussir à la faire plier.

— J'ai un travail aux Etats-Unis, protesta-t-elle en secouant la tête. Une vie. Des engagements.

— Avec un homme ? s'enquit Draco d'une voix dure.

— Non. Mais tu vois, tu ne sais rien de moi. Jamais tu ne m'as demandé…

— La seule chose que je sais, c'est que nous n'en avons pas terminé, tous les deux.

— Terminé avec quoi ? Ecoute. Tout ça… Tout ça…

— Tout ça n'est pas fini, dit-il en la lâchant pour lui tendre un téléphone. Appelle ton bureau. Appelle qui tu voudras. Et préviens que tu seras absente une semaine.

Anna le fixa sans bouger. Depuis qu'elle avait dix-huit ans, personne ne s'était plus permis de lui donner un ordre. A cet âge-là, d'ailleurs, cela faisait longtemps qu'elle n'obéissait plus à ceux qui s'y risquaient. Et maintenant, voilà qu'un homme impossible déboulait dans sa vie pour lui imposer sa volonté et ses caprices ?

— Anna, murmura Draco tendrement, doucement. *Per favore, mio amore*. Je t'en supplie. Reste une semaine encore avec moi.

Elle le regarda droit dans les yeux, respira un grand coup, et prit le téléphone.

Après avoir dégusté leurs pâtes, délicieuses, ils se douchèrent. Puis Draco voulut montrer Rome à Anna. Sa Rome à lui.

— Ça me coûte de le dire, mais il est temps de nous habiller.

Oui, mais avec quoi ? se demanda Anna en voyant les vêtements qu'elle avait jetés sur une chaise. Draco, qui enfilait un pantalon beige, se tourna vers elle.

— Que se passe-t-il, *cara* ?

— Je n'ai rien pour me changer.

— Mais si.

— Comment ?

— Tout est ici : tes vêtements, ton maquillage… Tous tes bagages, déclara-t-il avec un petit sourire en coin.

— Ici ? demanda-t-elle d'un air stupéfait.

— Parfaitement. J'y ai veillé moi-même.

— Tu y as veillé…

— Cesse de répéter tout ce que je dis. Oui, j'y ai veillé. J'ai demandé à l'hôtel de rassembler tes bagages ; mon chauffeur est passé les prendre, et ma gouvernante a tout rangé dans le dressing. Tu ne les as pas remarqués ?

— Non. Il faut dire que j'étais loin de m'attendre à… Et tout ça, sans me demander mon avis ?

Draco enfila une chemise de coton blanc dont il retroussa les manches.

— Je ne vois pas ce que j'aurais pu te demander. Je m'imaginais bien que tu aurais besoin de tes affaires.

— Comment pouvais-tu savoir que je choisirais de rester ici au lieu de rentrer à mon hôtel ? Aussi bizarre que cela puisse te paraître, je préfère décider par moi-même.

— C'est bien ma chance, j'essaie de faire plaisir à ma petite amie…

— Je ne suis pas ta petite amie. Je ne suis à personne et…

Elle s'arrêta net. « Sa petite amie. » Il fallait admettre que cela sonnait d'une drôle de façon.

— Je crois que je n'ai plus toute ma tête, murmura-t-elle enfin.

Il hésita un instant avant de se diriger vers elle en soupirant.

— Ça m'en a tout l'air.

— Merci de ne pas me contredire.

Il la prit par le menton pour la forcer à relever la tête.

— Laisse-moi te gâter un peu, *bellissima*.

— Je n'ai pas l'habitude de… C'est quand même très gentil à toi.

— Je sais, dit-il avec un petit sourire irrésistible, avant de poser les lèvres sur les siennes.

Elle rit tandis qu'il l'attirait à lui. Apprendre à se laisser « gâter » par un homme comme Draco Valenti, voilà qui n'allait pas être facile.

D'après lui, il y avait à Rome cinq lieux mythiques qu'il fallait avoir visités pour prétendre connaître la ville : le Colisée, le Forum, la Piazza Navona, la fontaine de Trevi, et la place d'Espagne où ils allaient se rendre aujourd'hui même.

Une fois de plus, il avait pris la décision et Anna dut se raisonner pour ne pas se braquer. Car après tout, pourquoi aurait-il dû la consulter ? Ils se trouvaient à Rome, sa ville à lui, qu'il connaissait sur le bout des doigts. Il n'y avait pas matière à discuter : la place d'Espagne était sûrement l'endroit où il fallait aller.

Un immense escalier de pierre aux marches

usées montait jusqu'à la Piazza Trinità dei Monti. Il y avait là autant de Romains que de touristes qui montaient, s'arrêtaient, s'asseyaient pour profiter de la vue, de l'ambiance, de la douceur de l'air… tout en dégustant un cornet de *gelato*.

Draco emmena Anna à sa *gelateria* préférée.

— Il y a trop de parfums, déclara-t-elle en consultant la liste interminable.

Il décida pour elle, sans lui poser de questions. Une boule chocolat, une boule *marrone*. D'après lui, il n'y avait pas mieux. Il lui prit le bras pour la serrer contre lui.

« Pourquoi pas citron ? » faillit-elle demander. Mais cette journée était décidément trop parfaite. Cet homme aussi était trop parfait, dans son genre. Et puis, malgré elle, elle trouvait quelque chose d'irrésistible à cette façon qu'il avait de prendre les commandes. Dire que cela l'aurait horripilée, quelques jours plus tôt…

Ils s'assirent sur les marches, lui plus haut qu'elle pour qu'elle puisse s'adosser à ses jambes. Anna se mit à lécher lentement sa boule de chocolat sous le regard attentif de Draco.

— Et maintenant, essaie le *marrone*, murmura-t-il.

Elle s'exécuta avec délectation.

— Tu me provoques, *cara*…, dit Draco d'une voix rauque.

— Comment ça ? s'enquit-elle avec un sourire taquin, avant de se tourner pour l'embrasser.

Avec Draco près d'elle, le soleil romain au-dessus d'eux, tout lui paraissait merveilleux. Rome. La piazza. Le cornet de *gelato*. Et cet homme, surtout cet homme.

Il était si différent de ce qu'elle s'était imaginé,

si différent des hommes qu'elle avait pu fréquenter jusque-là. Beau, certes, mais ce qui le rendait unique était plus difficile à définir… Un mélange excitant de force et de tendresse. Et ce sens démodé de l'honneur…

Cette arrogance virile.

Sauf qu'elle avait toujours détesté ça. Enfin, ce n'était pas exactement ça.

Elle avait toujours détesté ça *chez son père*, chez qui l'arrogance était un signe de domination sur tous ceux qui l'entouraient. Et aussi chez certains de ses collègues qui lui parlaient comme si elle était une petite fille.

Ses frères, en revanche, avaient beau être virils et incroyablement arrogants, elle ne les en trouvait pas moins formidables pour autant. Elle aimait leur assurance et cet instinct protecteur qu'appréciaient également ses belles-sœurs en dépit de leur indépendance.

Peut-être la façon dont elle jugeait un homme — qu'il soit doux ou dominateur — dépendait-elle finalement de ses sentiments à son égard, du respect, de l'admiration qu'elle éprouvait ou non pour lui ?

Ou de l'amour… ?

Vivre pour toujours avec un homme, se réveiller dans ses bras, s'endormir la main sur son cœur. Ressentir une paix profonde simplement parce qu'on était en train de manger une glace, appuyée contre lui, au soleil …

Le cornet lui échappa des mains.

— Quel dommage !

Draco sourit, mais il se raidit quand il découvrit l'expression de la jeune femme.

— Anna, que se passe-t-il ? Tu es malade ? Réponds-moi.

— Mais non, tout va bien.

Il se leva et lui tendit la main.

— Tu en es certaine ? demanda-t-il d'un air préoccupé.

— Bien sûr. J'ai dû rester trop longtemps au soleil, répondit-elle en s'efforçant de sourire. Ou manger trop de glace après toutes ces pâtes. D'habitude, je ne mange qu'un toast au petit déjeuner.

Au lieu de rire, il la prit dans ses bras.

— Je sais exactement ce dont tu as besoin.

De nouveau, cette attitude si typiquement masculine. Jamais elle ne réussirait à…

— En fait, lui chuchota-t-il à l'oreille, tu as besoin d'une boisson fraîche, d'un lit bien frais et que je te serre dans mes bras.

Il avait raison.

Soudain, elle se sentit terrifiée par ce que cela impliquait.

Durant les jours qui suivirent, Draco continua à lui faire visiter Rome.

Les petites rues anciennes et étroites. Les superbes fontaines. Les parcs ombragés. Les musées et les églises, qui abritaient des siècles de peintures, de fresques et de sculptures. Le Colisée où il lui sembla entendre les pleurs, sentir la terreur des hommes et des animaux qui allaient mourir dans l'arène.

Mais lorsque Draco voulut lui offrir des cadeaux — un masque de carnaval vénitien, un cœur en or chez Bulgari —, Anna refusa.

— Non merci.

Draco ne s'avoua pas vaincu pour autant. Comme elle lui avait dit qu'il lui fallait vraiment s'acheter des vêtements — et la façon dont elle avait insisté sur ce « vraiment » suffisait à prouver qu'elle n'avait pas l'habitude de consacrer une fortune à sa garde-robe —, il l'emmena dans une élégante boutique de la Via Condotti.

A la seule idée d'en franchir le seuil, toutes les femmes qui avaient précédé Anna dans sa vie se seraient senties folles d'excitation.

Mais à peine Anna y entra-t-elle qu'elle étouffa un cri d'horreur.

— Tu as vu les prix ? chuchota-t-elle.

Comme certains vêtements ne portaient pas d'étiquette, elle interrogea un vendeur qui fournit directement la réponse à Draco. Elle secoua la tête.

— Voyons, Anna, je serais ravi de t'offrir cette robe et cette jupe. Et regarde, dit Draco en lui montrant une minuscule réplique de la Fontaine de Trevi en or et verre de Murano. Ce sera ravissant sur ta cheminée ou dans ton bureau.

« Et cela te rappellera la semaine que nous avons passée ensemble », aurait-il voulu ajouter. Mais cela aurait été absurde.

— Cet objet est hors de prix ! D'ailleurs, je n'ai pas de cheminée et si je pose quoi que ce soit dans le placard qui me sert de bureau, le premier client venu s'empressera de me le voler.

Il aurait aimé lui dire qu'elle méritait mieux que cette vie-là, mais il savait que cela aussi, c'était absurde.

A sa demande, le vendeur lui indiqua un magasin

meilleur marché, à quelques rues de là. Une fois sur place, Anna demanda à Draco de l'attendre dehors.

Quand elle ressortit, un quart d'heure plus tard, tenant un grand sac, Draco ne put dissimuler sa surprise.

— Si vite ? dit-il.

— Je n'aime pas perdre de temps et je sais ce que je veux.

Lui aussi savait ce qu'il voulait, songea-t-il en la dévorant du regard. Ce qu'il voulait, c'était elle. A chaque instant. Et il savait qu'elle aussi brûlait du même désir. Et, plus ils faisaient l'amour, plus ce désir se transformait en quelque chose d'autre. Quelque chose de plus profond, de plus fort, de plus puissant…

D'effrayant.

Il y pensait sans arrêt.

Sans parvenir à comprendre ce qu'il ressentait. Ce qu'il savait en revanche, c'est que, bientôt, ils ne seraient plus ensemble.

Plus que deux jours, songea Draco un soir, tandis qu'ils finissaient de dîner sur la terrasse d'un petit restaurant tranquille du Trastevere, à l'écart des touristes.

Anna parlait avec animation. Il l'écoutait d'une oreille distraite, trop occupé à la regarder.

— Tu ne m'écoutes même pas, s'exclama-t-elle soudain. Alors que je te dévoile tous mes secrets !

— Tes secrets, je les connais déjà. C'est cet endroit au creux de ton cou, là où ça te rend folle que je t'embrasse. C'est le goût de tes tétons sous ma langue…

— Arrête, coupa-t-elle d'une voix mal assurée. Je te parlais d'un secret d'un autre ordre, concernant mes cheveux.

Il contempla les boucles dorées qui encadraient son visage.

— Tes cheveux, je les adore.

— Tu les aurais sans doute moins aimés quand je les teignais en noir.

— Tu les teignais ?

— Oui, en noir corbeau. Comme tout le reste : mon vernis à ongles, mes T-shirts, mes jeans.

— Mais pourquoi ?

— Par révolte d'adolescente, sans doute. Je devais avoir seize ou dix-sept ans… Ou pour que mon père sache ce que je pensais de sa façon de voir les filles : des poupées bien sages et surtout bien obéissantes.

— C'est ce qu'il attendait de toi ?

— Bien sûr. Il a été très déçu.

Elle contempla le plateau de mignardises que le serveur avait apporté avec leur café, avança la main, la retira et repoussa le plateau en soupirant.

— Et alors ?

— Il m'a dit que si nous avions vécu au XVe siècle, il m'aurait enfermée dans un couvent.

— Je commence à comprendre pourquoi tu sembles tant aimé ce vieux T-shirt avec ce slogan féministe… Et après ?

Elle lui sourit et il lui prit la main.

— Après, il ne pouvait plus faire grand-chose. Il m'a coupé les vivres, mais mes frères ont subvenu à mes besoins.

Il haussa les sourcils d'un air surpris.

— Tes frères appréciaient que tu t'habilles comme une ado gothique ?

Anna éclata de rire.

— Ils aimaient que je tienne tête à notre père, comme eux-mêmes l'avaient fait d'ailleurs. Et puis, ils sont plutôt tolérants, surtout avec ma sœur et moi.

Cette fois, elle prit une pâtisserie sur le plateau et l'avala en deux bouchées.

— Jamais ils n'ont accepté un sou de notre père, ce qui ne les a pas empêchés de monter un cabinet d'investissement prospère à Manhattan.

— Mais oui, s'exclama Draco, les frères Orsini ! Eh bien, c'est vraiment extraordinaire : l'empereur du crime ne fait même pas la loi chez lui. Joli travail, *bellissima* !

— Merci, Votre Altesse.

Il embrassa la paume de sa main.

— Et ta sœur, elle s'est rebellée, elle aussi ?

— A sa façon, beaucoup plus innocente. Elle dessine et crée des jardins, ce que mon père juge déshonorant pour sa fille. Bref, échec et mat sur toute la ligne. Mais maintenant, à ton tour.

— Comment ?

— Je t'ai raconté des tas de choses sur moi, et j'ignore tout de ta vie. Quel genre d'enfant étais-tu ?

Le sourire de Draco s'évanouit.

— Pas très heureux, je crois.

— Je suis désolée, s'empressa de dire Anna d'un air peiné. J'aurais dû comprendre que cela n'avait pas dû être facile pour toi. Ton père, ton grand-père… tout ce gâchis…

Et, alors qu'il avait horreur de révéler quoi que ce soit de son enfance et de sa famille, Draco lui raconta tout. Brusquement, sans l'avoir décidé, il se mit à lui parler de sa mère qui ne s'était jamais comportée comme une mère, de son père qui n'avait jamais paru remarquer sa présence. De la manière dont il avait réussi à survivre en pension…

Il se tut. Anna ne disait rien, elle non plus. Elle était pâle.

— Eh bien, reprit-il enfin avec un rire triste. Je crains d'avoir gâché cette soirée.

Anna se leva et s'approcha de lui, les yeux brillants de larmes. Les autres clients les observaient d'un air intéressé.

Sans se soucier d'eux, elle lui prit le visage entre ses mains et le couvrit de baisers passionnés.

C'est à cet instant que Draco comprit qu'il ne pourrait jamais la laisser partir à la fin de la semaine.

Il resta éveillé toute la nuit tandis qu'elle dormait à côté de lui.

Encore deux jours, et elle s'envolerait pour New York. Elle avait déjà pris son billet de retour, elle le lui avait appris quand il lui avait proposé d'utiliser son jet privé, de nouveau disponible.

Après une discussion inutile, il avait renoncé à la convaincre.

Quant à lui, une fois réglées quelques affaires à Rome, il partirait pour San Francisco. Et la semaine qu'ils auraient passée ensemble — une semaine et deux jours pour être exact — ne serait plus que de l'histoire ancienne.

Evidemment, ils pourraient continuer à se voir un week-end de temps en temps, mais ce genre de liaison à distance n'avait aucun avenir, il en était conscient. Alors que pendant ces quelques jours, il avait découvert que ce qui lui semblait sans intérêt avec les autres femmes devenait délicieux, et même important, avec Anna.

Non, il n'était pas prêt à la laisser sortir de sa vie…

New York. San Francisco. Des milliers de kilomètres entre eux deux. Si seulement son bureau avait été sur la côte Est, ou celui d'Anna sur la côte Ouest… Mais impossible de changer l'emplacement de sa société. Des centaines de personnes travaillaient pour lui.

Mais Anna, elle…

Ne lui avait-elle pas dit que son bureau avait tout d'un placard ? Sans parler de son appartement.

Et s'il lui proposait de l'aider à prendre un nouveau départ ?

Immédiatement, il sut ce qu'il allait faire et comment y parvenir sans provoquer sa colère. Une manipulation ? Pas du tout. De l'habileté et de la logique, tout simplement.

Avec précaution, il dégagea son bras.

— Mumm, soupira-t-elle.

Le sourire aux lèvres, il se leva, enfila son pantalon et se dirigea vers son bureau. Là, durant deux heures, il passa les coups de téléphone indispensables à la réalisation de son plan.

Le sort en était jeté.

Bientôt, ils travailleraient dans la même ville. Dans quelques jours, un cabinet d'avocats de premier ordre situé à San Francisco prendrait contact avec Anna. Etant leur client, il avait appris qu'ils désiraient développer leur service d'assistance juridique gratuite et engager un juriste expérimenté. Ils proposeraient à

Anna un salaire quatre fois supérieur à celui qu'elle touchait actuellement, elle travaillerait avec une équipe compétente et défendrait des personnes qui méritaient vraiment qu'on s'occupe d'elles.

Elle disposerait même d'un appartement de fonction, si elle acceptait le poste. Et — ô coïncidence — cet appartement serait situé dans le même immeuble que celui où vivait Draco.

Car s'il adorait être avec elle, il ne se sentait pas encore prêt à franchir le pas. Et puis, il connaissait Anna. Même si elle passait la plupart de son temps avec lui, elle serait heureuse d'avoir son propre appartement. Et elle n'aurait pas besoin de savoir que c'était lui le propriétaire.

Un léger doute s'insinua soudain en lui. Et si elle détestait la Californie ? Ou si elle ne voulait pas s'éloigner de sa famille ? Ou si elle ne désirait pas être avec lui ? Pas pour toujours, bien sûr, car rien ne dure éternellement.

Pourtant… Et s'il n'avait pas seulement envie qu'elle déménage sur la côte Ouest ? S'il avait vraiment besoin d'elle ? Pour toujours ?

Il se passa la main dans les cheveux. Peut-être était-il allé trop vite ?

Il lui fallait un café. Ou du cognac. Non, de la *grappa*. C'est ça. Une bonne *grappa* bien forte pour lui permettre de penser à fond toute la question.

Il se dirigea vers le bar du salon et y prit un flacon. Le téléphone se mit à sonner au moment où il se servait, mais il ne répondit pas. Il savait ce que c'était : un fax de son avocat confirmant que tout était arrangé. Le nouveau job d'Anna, son nouvel appartement de fonction.

Il avala une rasade d'eau-de-vie. Il avait fait exactement ce qu'il fallait.

Non, comprit-il soudain. Il avait fait le *contraire* de ce qu'il fallait ! Son cœur battait à toute allure. Quand on aimait une femme, on ne lui mentait pas.

Et il aimait Anna.

Il ne voulait pas faire d'elle une maîtresse prête à lui obéir au doigt et à l'œil. Il voulait la garder près de lui durant sa vie entière. Il voulait…

Un coup vint soudain le frapper, en plein dans le dos, faisant voler le verre qu'il tenait à la main. Il se retourna et vit le visage de la femme qu'il aimait. Un visage déformé par la colère. Dans son poing fermé, elle tenait un fax tout froissé.

— Anna, je sais ce que tu penses, mais…

— Espèce de salaud !

— *Per favore, bellissima…*

— Il n'y a pas de *bellissima* ! Tu es monstrueux.

— Anna. Ecoute-moi.

— C'est donc ce que tu avais en tête ? Me faire venir en Californie pour jouer le rôle de ta nouvelle maîtresse ?

— Je sais que les apparences sont contre moi…

— Tu as donc tout combiné pour qu'on m'offre un travail et un appartement là-bas ? Réponds !

— Oui, mais…

— Comment as-tu pu te montrer assez stupide pour croire que j'allais accepter de devenir ta maîtresse ?

— J'ai commis une erreur, je le reconnais. Je n'ai pas réfléchi. J'avais si peur de te perdre…

— Tu veux dire que tu voulais être certain de me garder sous la main. Comment ai-je pu être assez bête pour penser que… toi et moi…

Elle sortit en courant. Avant que Draco ait pu

la rattraper, elle se précipita dans la chambre dont elle verrouilla la porte.

— Anna !

Il eut beau frapper, la porte resta close un moment avant de s'ouvrir brusquement à la volée. Vêtue de son jean, de son T-shirt et de ses tennis, la jeune femme surgit, sa valise à l'épaule, sa sacoche sous le bras.

— J'ai appelé un taxi. Peux-tu vérifier que la porte d'en bas est ouverte ?

— Anna… Je t'en prie…

— J'ai passé une excellente semaine, coupa-t-elle d'une voix glaciale et aussi tranchante que lors de leur première rencontre. Tu as été mon premier amant italien. Merci de m'avoir donné le plaisir de t'inscrire sur ma liste.

Draco comprit alors qu'elle venait de lui briser le cœur.

13.

— Qu'en penses-tu, Izzy ? Trop de coloré ? Ou pas assez ? Alors ?

Izzy Orsini se tenait au milieu du minuscule salon de sa sœur, les bras croisés, les sourcils froncés, contemplant les échantillons qu'Anna plaquait contre le mur.

— Ce que j'en pense, c'est qu'on est vendredi soir. Tu as envie d'aller au ciné ?

— Réponds à ma question. Trop brillant ? Trop terne ?

— Essaie cet orange, déclara Izzy en soupirant.

— Lequel ? Citrouille écrasée ? Rouge canadien ? Pêche d'automne ?

— Pêche d'automne ? Quel nom ridicule. La saison des pêches, c'est l'été.

— Je suis certaine que le fruitier d'Union Square en vend encore.

— Allons, Anna. Tu sais parfaitement ce que je veux dire.

— Dans ce cas, réponds à ma question.

— Tu veux la vérité ? Ils me déplaisent tous autant les uns que les autres. Pourquoi tiens-tu tellement à repeindre cette pièce ?

— Pour changer, voilà tout.

— Là, tu m'épates, madame l'avocate. Moi qui te croyais si rationnelle…

— Il est parfaitement rationnel de changer. Et pourquoi m'appelles-tu « madame l'avocate » ?

— Je n'en sais rien. Comme ça.

— Eh bien, évite, lança Anna en contournant le canapé défoncé qu'elle avait trouvé le week-end précédent dans une brocante. Je me demande bien pourquoi j'ai acheté cette horreur…

— Je n'en sais rien. Il est complètement de guingois. Quant à la couleur, je ne raffole pas de ce brun douteux.

— Merci. Je me sens tout de suite mieux.

— C'est toi qui as posé la question ! Je vais te faire une suggestion : prends-le par un accoudoir et moi par l'autre et descendons-le immédiatement sur le trottoir…

— On n'y arrivera jamais, il est trop lourd. Il va me falloir payer cinquante dollars de plus pour m'en débarrasser.

— Il t'a coûté combien ?

— Cinquante.

— Donc cent dollars pour cette ruine, alors que tu en possédais un très acceptable.

— Il était moche.

— Moins que celui-là.

Les deux sœurs se laissèrent tomber chacune à un bout dudit canapé.

— Vas-tu enfin consentir à me dire ce qui se passe ? demanda Izzy, au bout de quelques minutes.

— J'ai un nouveau client. Un type passionnant.

— Celui qui a tiré un coup de fusil sur son ex-femme sous prétexte qu'il ne voulait plus la voir fricoter avec son nouveau copain ?

Anna soupira.

— Et j'ai un nouveau canapé. Et demain, mes murs seront d'une nouvelle couleur. Sans oublier les bottes que je me suis achetées la semaine dernière.

— Des bottes fourrées alors qu'on est encore en été.

— La fin de l'été. C'est pour ça qu'elles étaient soldées.

— Ou peut-être parce qu'elles ont des talons de douze centimètres ?

— Dix centimètres. On a le droit d'avoir envie de changer.

— On dirait plutôt que tu essaies d'oublier désespérément quelque chose.

— Tu déraillles.

— Pas du tout. Et cette question que tu m'as posée concernant les fantasmes sexuels ?

— Je n'avais absolument pas l'intention de…

— Le cours ne s'arrêtait pas là. Par exemple, chapitre douze : « Une activité frénétique est souvent provoquée par le désir du sujet d'effacer de sa mémoire une situation pénible. »

— Tu es certaine d'avoir lu ça ?

— Non. Je viens de l'inventer. Mais j'ai raison. Mieux vaut regarder la situation en face.

— Je vais faire du café, ajouta Izzy en se dirigeant vers la cuisine. Tu es partie pour deux jours en Italie, et tu y es restée une semaine de plus. Quand tu es rentrée, tu étais méconnaissable : pâle, épuisée, fébrile. Que s'est-il passé à Rome ?

— Rien. J'ai visité le Colisée, la fontaine de Trevi, j'ai fait un peu de shopping et…

Elle s'arrêta.

— Tu sais que tu peux tout me dire, murmura Izzy.

Anna acquiesça. Elle ne pouvait plus garder cette histoire pour elle.

— Et je suis tombée amoureuse.

— Toi ?

— Moi. Amoureuse du pire salaud. Froid. Cruel. Un cœur de pierre.

— Son nom ?

— Draco. Draco Valenti. Le prince Valenti, rien que ça, balbutia-t-elle.

— Un beau prince ?

— Un monstre de froideur. Mais ne t'en fais pas : ça m'est tombé dessus si vite que ça ne durera pas bien longtemps. Je suis simplement en colère de m'être fait avoir de cette façon.

— Mais…

— Je vais déjà beaucoup mieux, dit-elle en levant vers sa sœur un visage baigné de larmes.

Elle enfouit la tête dans ses mains et s'abandonna aux sanglots.

Pas très loin de là, dans un quartier beaucoup plus chic de Manhattan, Rafaele, Dante, Falco et Nicolo Orsini tenaient leur réunion hebdomadaire du vendredi soir, dans un bar.

Un vrai bar. Leur bar. Le quartier avait eu beau s'embourgeoiser, il n'avait pas changé depuis le temps où ils y discutaient sport, affaires et femmes.

Maintenant qu'ils étaient tous les quatre mariés et heureux en ménage, ils continuaient de s'y réunir pour parler sport, affaires, enfants et famille.

Ce soir-là, justement, ils parlaient de leur sœur.

— Izzy est bien d'accord, déclara Raffaele. Il y a quelque chose qui ne va pas avec Anna.

Nicolo mordit dans son hamburger et hocha de la tête.

— Oui, mais quoi ?

— Izzy a dit qu'elle allait tenter d'en savoir plus.

— Un homme, peut-être ? suggéra Dante, mais ses frères lui jetèrent un regard consterné. Bon. Vous avez raison. Pas Anna. Aucun homme ne pourrait lui saper le moral de cette façon.

Un léger toussotement parvint à leurs oreilles.

— D'accord, dit Rafaele, absorbé dans ses pensées. Un type a dû essayer de mener notre Anna en bateau et elle l'a éliminé.

Autre toussotement. Cette fois, les quatre Orsini levèrent simultanément la tête. Un homme était debout à côté de leur table. Grand, comme eux. Cheveux noirs, comme eux. Vêtu d'un costume coûteux et de chaussures cousues main, comme eux. Mais sa cravate était de travers, ses cheveux en bataille, et dans ses yeux brillait une lueur annonciatrice de problèmes avec un grand « P ».

Les frères se regardèrent en fronçant les sourcils.

— Oui ? demanda Falco.

— Je m'appelle Draco Valenti. Et ce n'est pas *votre* Anna, mais *mon* Anna.

Silence. Un lourd, un pesant silence. Puis Nick désigna du menton la porte qui menait au bureau. Les quatre frères se levèrent, et tous se dirigèrent dans cette direction.

Si les frères d'Anna décidaient qu'il était non pas une solution, mais un problème, se dit Draco, ils ne feraient de lui qu'une bouchée.

Naturellement, il résisterait. Mais si fort soit-il, ils étaient quatre, et en plus…

En plus, il avait fait du mal à Anna. A leur sœur. Tout bien considéré, s'ils tenaient à le lui faire payer, il ne chercherait pas à résister.

Une main dans le dos le poussa dans une pièce exiguë et luxueusement meublée. Bureau, téléphone, chaises. Des photos des membres de la famille Orsini sur les murs, dans des cadres de bois.

Et parmi eux, Anna, son Anna, souriante, heureuse, adorable, et qui lui manquait tant…

— Alors ? s'enquit-il.

Face à lui, les Orsini, en ligne, bras croisés, mâchoires serrées. Plus effrayants qu'un pack de footballeurs américains.

— Vous voulez que je vous dise tout ? Sans fioritures ?

— Oui, tout, depuis le début.

C'est ce qu'il fit, ou presque. Il omit ce qui s'était passé durant le vol pour Rome, puis à l'hôtel d'Anna et dans son propre lit, mais il leur révéla tout le reste. Y compris qu'il avait d'abord cru que ce serait une histoire sans lendemain.

L'un des quatre frères fit alors un pas en avant, mais un autre lui dit de se calmer, et il obéit, tout en continuant à fixer Draco comme un tigre qui guette sa proie.

Draco leur raconta alors comment il avait convaincu Anna de rester une semaine de plus, une semaine incroyable durant laquelle il avait enfin compris qu'il n'avait plus envie qu'elle s'en aille. Il leur dévoila le stratagème qu'il avait imaginé, le poste à San Francisco, l'appartement, sa décision de faire d'Anna sa maîtresse.

Un des Orsini lui envoya alors son poing dans la mâchoire. Il ne bougea pas d'un pouce.

— Et maintenant, te voilà ! s'écria celui qui l'avait frappé. Pourquoi n'es-tu pas venu plus tôt ?

Cette question, il l'attendait. Il y répondit en toute honnêteté.

— Elle m'a dit quelque chose qui m'a fait mal. Qu'elle avait eu d'autres amants.

— Tu ne ferais pas deux poids et deux mesures, par hasard ? Les femmes d'un côté, les hommes de l'autre ?

— Non. Elle, elle m'a fait oublier toutes les femmes que j'ai connues avant elle. Tandis que moi, visiblement…

— Tu ne t'attends quand même pas à ce qu'on t'autorise à faire de notre sœur ta maîtresse ?

Il soutint leur regard. Il voulait bien se montrer poli, mais il ne supportait pas qu'on le prenne pour un imbécile.

— Si je voulais faire d'elle ma maîtresse, c'est elle que je serais allé trouver, pas vous.

— Dans ce cas, qu'est-ce que tu veux ?

— Elle vous aime tous les quatre…

— Nous aussi, on l'aime.

— Je suis italien.

— Très bien.

— Je suis aussi prince.

— Félicitations, lança l'un des quatre avec une ironie appuyée.

— Je veux dire que je porte un nom qui a toujours été respecté. Mon père l'avait sali et j'ai passé ma vie à lui rendre tout son honneur.

— Continue.

— En Italie, il faut obtenir de la famille d'une

femme la permission de lui faire la cour, avant de la demander en mariage.

— C'est donc pour cela que tu es venu ? Tu veux épouser Anna et tu nous demandes de t'y autoriser ?

Tous les quatre éclatèrent de rire.

— Si tu la connaissais vraiment, tu saurais que personne n'a jamais pu l'obliger à faire quoi que ce soit.

— C'est justement ce qui me plaît chez elle. Mais c'est moi qui lui demanderai sa main, pas vous.

— Et tu crois qu'elle dira oui ?

— Je l'adore, et elle m'aime aussi, je le sais. C'est la raison pour laquelle elle a réagi comme elle l'a fait.

— Et si nous refusions ? Si nous décidions de t'envoyer au diable ?

Draco se redressa et les regarda bien en face.

— Dans ce cas, j'aurais le regret de vous prendre un par un, et à l'issue d'un combat loyal dont je sortirais fatalement vainqueur, j'irais trouver mon Anna et je remettrais ma vie entre ses mains.

Il y eut un très long silence. Puis, tour à tour, en souriant, les frères d'Anna serrèrent la main de Draco en déclinant leurs prénoms, avant de lui souhaiter bonne chance et bon courage.

« Pêche d'automne » était trop sombre, « Rouge canadien » trop terne et « Citrouille écrasée » totalement insipide.

C'est tout ce qu'Anna consentit à dire quand elle s'arrêta enfin de pleurer, en dépit des questions pressantes que lui posait Izzy. Celle-ci finit par lever les mains au ciel et dit qu'elle n'en pouvait plus. Autant aller chez le marchand de peinture pour chercher d'autres échantillons.

— Espèce de tête de mule.

Une fois seule, Anna tenta de reprendre ses esprits.

Mais sans doute Izzy avait-elle changé d'avis car, cinq minutes à peine après son départ, la sonnette retentit. Anna s'essuya rapidement les yeux, plaqua un sourire sur son visage et ouvrit la porte.

— Draco ? s'exclama-t-elle en serrant les poings d'instinct.

Draco ouvrit les bras en murmurant le nom de la jeune femme, et après une brève hésitation, elle s'y précipita en sanglotant.

Il l'embrassa. Encore et encore. Il embrassa son front, le bout de son nez, sa bouche. Sa bouche plus tendre encore que dans son souvenir.

— Anna, *bellissima, mio amante*, Anna, *ti adoro*...

Elle ne parlait guère italien, mais ce sont des mots qu'une femme comprend sans avoir eu besoin d'étudier la langue.

— Moi aussi, je t'aime, murmura-t-elle, je t'adore. Tu m'as tellement manqué.

— *Sì*. Toi aussi, tu m'as manqué. Mon cœur, ma vie étaient si vides...

— Cette nuit-là, cette horrible nuit...

— J'ai cru t'avoir perdue. Et pourtant, j'avais peur, dit-il en prenant le visage de la jeune femme entre ses mains. J'ai toujours considéré l'amour comme un stupide conte de fées.

Elle lui sourit à travers ses larmes.

— Et pour moi, ce n'était qu'un instrument de domination inventé par les hommes.

— Nous nous trompions tous les deux, *bellissima*,

murmura-t-il en l'embrassant de nouveau avant de mettre un genou à terre. Anna, mon adorée, me feras-tu l'honneur d'accepter d'être ma femme ?

Le sourire qu'elle lui adressa fut le plus beau cadeau qu'il ait jamais reçu.

— Oui.

Il sortit de sa poche une bague et la lui glissa au doigt. Une copie parfaite des armes des Valenti, exécutée en saphirs et diamants.

— Elle est superbe ! s'exclama Anna. Ce sera un honneur pour moi de la porter.

Il se releva et la prit dans ses bras, pour l'embrasser jusqu'à ce que le monde autour d'eux s'évapore dans une brume de bonheur. Ils n'entendirent pas Izzy revenir, ni s'esquiver à pas de loup avant de refermer la porte sur eux en souriant.

Deux semaines plus tard, Anna et Draco se marièrent dans une petite église que la mère d'Anna aimait beaucoup, à la limite de Little Italy et de Greenwich Village.

Sofia Orsini semblait apprécier son gendre, mais fut très étonnée quand il vint la trouver, à la fin de la réception qui suivit la cérémonie, pour lui dire qu'il avait un cadeau pour elle.

C'était le titre de propriété de la terre où s'élevaient les ruines du château de ses ancêtres.

— Désormais, cette terre appartiendra à nos deux familles, dit-il.

Sofia lui rendit le document en lui disant qu'elle ne comprenait pas à quoi il faisait allusion, mais qu'elle était ravie qu'Anna épouse un homme qui aimait la Sicile.

Draco serra la main des frères Orsini, embrassa ses belles-sœurs, ses neveux et nièces, et serra sur son cœur la demoiselle d'honneur d'Anna.

— Izzy, tu as été adorable.

— A ton tour, maintenant ! s'écria Rafaele en entraînant cette dernière dans une valse endiablée autour de la pièce.

— C'est ça, répondit Izzy tout en se disant : « Pas moi, pas maintenant, pas avant un million d'années. »

Puis Draco se dirigea vers Cesare.

— Anna s'imagine qu'elle vous méprise, lui dit-il en le regardant droit dans les yeux, mais en vérité, elle vous aime parce que vous êtes son père. Pourquoi avoir imaginé toute cette histoire concernant les droits de votre femme sur ma terre ?

— J'ai dû faire une erreur, déclara Cesare Orsini en esquissant un sourire. Tout est possible. A propos, j'ai connu votre père. Ce n'était sans doute pas le meilleur des hommes, mais moi non plus.

— Et alors ?

— Je crois qu'il serait fier de voir ce que vous êtes devenu.

Ils s'envolèrent pour Venise où ils devaient passer leur lune de miel. L'allée centrale du jet de Draco était ornée de roses blanches.

Il souleva Anna dans ses bras pour lui faire franchir le seuil de la chambre avant de refermer la porte.

— C’est maintenant que tout commence, *cara*. Dans cet avion. Toi et moi.

Elle lui sourit et il la reposa doucement à terre. Elle avait beau porter des talons hauts, elle dut quand même se mettre sur la pointe des pieds pour l’embrasser avant de lui chuchoter quelques mots à l’oreille.

Les yeux de Draco s’assombrirent. Lentement, il ôta sa veste, dénoua sa cravate et déboutonna sa chemise.

— Anna, murmura-t-il d’une voix qui n’était que désir.

Elle rit en nouant les bras autour de son cou.

— Draco, chuchota-t-elle, tu ne te déshabilles pas assez vite à mon goût… Je t’aime tant, mon amour…

collection *Azur*

Ne manquez pas, dès le 1er novembre

***UN SERMENT DÉROBÉ**, Lynn Raye Harris • N°3289*

Mariage Arrangé

Lorsqu'il arrive à Hawaii, sur l'île de Maui, et qu'il se retrouve devant la chanteuse Bella Tyler, Adan, sous le choc, doit se rendre à l'évidence : l'artiste sexy qui se déhanche sur scène est bien Isabella, son épouse disparue deux ans plus tôt. Mais non seulement cette dernière n'a plus rien de la jeune femme, certes ravissante, mais effacée et timide, qu'il avait épousée par pure convenance — dans le but de donner un héritier au royaume —, mais elle semble avoir tout oublié de leur union…

***UNE ÉBLOUISSANTE RENCONTRE**, Amy Andrews • N°3290*

En acceptant d'accompagner une amie à une soirée, Ali pensait boire un verre ou deux, puis rentrer bien sagement chez elle. Mais c'était sans compter sur le bel inconnu, totalement irrésistible, qui attire bientôt son regard. A tel point que lorsqu'il lui propose de la raccompagner, elle ne se sent pas la force de refuser. Et que lorsqu'il se penche vers elle dans le taxi pour l'embrasser, elle oublie toute raison. Après tout, pourquoi ne pas profiter de l'instant, et oublier entre ses bras le procès qu'elle va devoir affronter, et dont l'issue sera capitale pour sa carrière ? Mais le lendemain de cette délicieuse nuit de passion, Ali apprend que son amant n'est autre que l'avocat qui doit la défendre. Autrement dit, un homme avec lequel il lui est interdit d'avoir une liaison…

***L'ENFANT D'UN SÉDUCTEUR**, Cathy Williams • N°3291*

Enfant Secret

Depuis trois semaines qu'elle a été recrutée dans une prestigieuse banque londonienne, Sarah n'a jamais rencontré âme qui vive dans les bureaux. Et pour cause : elle ne commence à y travailler qu'une fois les autres employés partis. Pourtant, un soir, une voix d'homme la fait soudain sursauter. Et quand elle se retourne pour voir à qui appartient cette voix grave et pleine d'assurance, la surprise s'efface pour faire place à la stupeur, et à la panique. Car le patron de la banque n'est autre que Raoul Sinclair, l'homme qu'elle aimé cinq ans plus tôt, avant qu'il ne la quitte brutalement. L'homme dont elle est tombée enceinte, mais qui ne sait rien de l'existence de son enfant…

L'AMOUREUSE TRAHIE, *Jacqueline Baird* • *N°3292*

Dès qu'il croise le regard de celle qui fut brièvement sa femme, six ans plus tôt, Rion Moralis se sent envahi par un désir aussi intense qu'autrefois, mais aussi par la colère et le mépris. Des sentiments si puissants et si tumultueux, qu'il comprend que la vengeance qu'il a préparée ne lui suffira pas. Non seulement il va tout faire pour dépouiller la jeune femme de sa fortune, mais il la séduira, une dernière fois. Pour s'octroyer enfin la lune de miel qui lui a été refusée six ans auparavant — et assouvir enfin sa vengeance…

UN RÊVE IMPOSSIBLE, *Ally Blake* • *N°3293*

Depuis un an qu'elle est l'assistante de Bradley Knight, Hannah s'épanouit totalement dans son travail — un travail qui la passionne et auquel elle consacre sans compter son temps et son énergie. Tout serait donc parfait si elle n'éprouvait une folle et déraisonnable attirance pour Bradley, un play-boy pour lequel le romantisme et l'amour ne signifient rien, et qui ne s'engagera jamais. D'où son trouble lorsqu'elle apprend qu'ils doivent se rendre tous deux en Tasmanie : comment pourrait-elle résister, si l'étrange lueur qu'elle voit parfois briller dans le regard de Bradley, quand il se pose sur elle, se transforme en séduction ouverte ?

LA PROIE DU DÉSIR, *Kate Walker* • *N°3294*

Jamais Rebecca n'aurait pensé revenir à la Villa Aristea. Comment l'aurait-elle pu, alors que ce lieu paradisiaque ne lui inspire que de cruels et douloureux souvenirs, depuis ce jour sinistre où Andreas l'a rejetée, alors que leurs noces venaient tout juste d'être célébrées ? Si elle revient aujourd'hui, c'est parce qu'elle a reçu un appel de l'assistante de son ex-mari l'avertissant que ce dernier, victime d'un grave accident, la réclame à son chevet. Mais une fois sur place, Rebecca s'aperçoit, stupéfaite, qu'Andreas n'a aucun souvenir de l'année qui vient de s'écouler, ni des terribles événements qui les ont séparés…

LA PROMISE DU CHEIKH, *Annie West* • *N°3295*

Alors qu'elle marche sous une pluie battante, Maggie voit s'arrêter près d'elle un homme incroyablement viril et séduisant, qui lui propose de la ramener en voiture au haras voisin, où il loge, pour qu'elle puisse se mettre à l'abri. Comment refuser, alors que l'orage redouble ? Et surtout, pourquoi refuser, alors que cet inconnu lui inspire un désir fulgurant, fou, comme elle n'en a jamais connu… Si fou qu'elle s'y abandonne bientôt avec délice. Mais au matin, persuadée qu'il ne s'agit pour lui que d'une histoire sans lendemain, Maggie reprend ses esprits et s'enfuit. Pour, quelque temps plus tard, apprendre qu'elle est enceinte...

A paraître le 1er septembre

Best-Sellers n°526 • roman

Le temps d'un été - Emilie Richards

Trois femmes – Tessa, sa mère et sa grand-mère – se retrouvent dans la propriété familiale, une grande demeure de Virginie, chargée d'histoire et de souvenirs, où ont vécu plusieurs générations avant elle. Tessa, la plus jeune des trois, noyée dans le chagrin d'avoir perdu sa petite fille, s'est éloignée peu à peu de son mari. Nancy, sa mère, n'a quant à elle jamais cessé de lutter pour échapper à ses origines. Mais à présent qu'elle mène une vie confortable et mondaine, elle est persuadée que son mari ne l'a pas épousée par amour, et qu'elle a trahi celle qu'elle est vraiment. Helen, la grand-mère, est une battante qui a fait face aux épreuves toute sa vie durant, mais s'est murée dans une solitude têtue, prétendant n'avoir besoin de personne et négligeant ses talents artistiques. Toutes trois, bien qu'unies par un lien indestructible, se sont repliées sur leurs propres blessures. Mais si chacune est hantée par un secret douloureux, elles vont tenter, le temps d'un été, de se remettre à croire en l'espoir.

Best-Sellers n°527 • roman

Un été au lac des Saules - Susan Wiggs

A vingt-sept ans, Olivia Bellamy a déjà deux fiançailles annulées derrière elle. Et alors qu'elle s'attend à une demande en mariage, son petit ami lui annonce leur rupture. Pour tromper son désespoir, elle accepte la proposition de sa grand-mère : passer l'été au lac des Saules pour remettre en état le camp de vacances appartenant à ses grands-parents et où, enfant, elle a passé tous ses étés. Pour la décoratrice de talent qu'elle est, la mission est passionnante. D'autant plus que l'endroit est paradisiaque et empreint de nostalgie… même s'il ne lui évoque pas que de bons souvenirs. Adolescente mal dans sa peau et fragilisée par le divorce de ses parents, elle y a, à l'époque, beaucoup souffert. Une seule personne, alors, l'aidait à supporter le rejet des autres… une personne à laquelle elle se refuse de penser : le passé est passé. Mais voilà que, le jour où se présente l'entrepreneur venu l'aider à réaliser son projet, elle reconnaît avec stupéfaction Connor Davis, le garçon qu'elle a secrètement aimé durant son adolescence… et qui lui a brisé le cœur.

Best-Sellers n°528 • thriller

Jusqu'au bout du mal - Michelle Gagnon

A peine remise d'une grave blessure et déterminée à retrouver sa confiance en elle après avoir frôlé la mort, l'agent spécial Kelly Jones refuse l'idée de ne pas reprendre le travail sur le terrain. Aussi décide-t-elle envers et contre tout d'accompagner Jake Riley, son fiancé, ainsi que son équipe d'élite, pour d'une périlleuse mission de libération d'otage. Une mission qui la conduit dans les bas-fonds de Mexico. Mais malgré son courage, Kelly redoute secrètement de ne plus être à la hauteur. C'est alors que dans les bidonvilles de Mexico, elle retrouve l'homme qu'elle recherche depuis des années. Un tueur machiavélique qui semble désormais mettre en scène un effroyable rituel macabre en choisissant ses victimes, des enfants, dans la frange la plus pauvre de la société. Horrifiée et décidée à saisir cette ultime chance de faire ses preuves, Kelly se sépare momentanément de Jake et de son équipe pour se lancer seule dans une mission plus périlleuse que jamais…

Best-Sellers n°529 • thriller

Noire était la nuit - Lisa Jackson

Le jour de son quinzième anniversaire, à La Nouvelle-Orléans, Abby Chastain a vu sa mère se jeter par la fenêtre de l'hôpital psychiatrique Notre-Dame-des-Vertus où celle-ci vivait enfermée, victime d'hallucinations. Et personne n'a jamais su quelle terrifiante vision avait bien pu pousser Faith Chastain à commettre l'irréparable. Vingt ans plus tard, Abby est encore hantée par le souvenir de cette tragédie. L'hôpital, désormais abandonné, est promis à la destruction. Mais Abby pressent qu'il n'a pas révélé tous ses secrets. Et, lorsque des meurtres en série sont commis, elle comprend que les démons du passé sont en train de se réveiller : toutes les victimes ont un lien avec elle, ou avec l'hôpital. A commencer par son ex-mari, sauvagement assassiné. Un lien secret que l'inspecteur Montoya va devoir comprendre pour empêcher le dangereux psychopathe de poursuivre sa série macabre. Mais le tueur, lui, a d'autres plans…

Best-Sellers n°530 • thriller

Elles étaient si jolies - Andrea Ellison

Quand le lieutenant de la brigade des homicides de Nashville, Taylor Jackson, découvre la scène de crime qui l'attend au bord d'une autoroute par une étouffante journée d'été, elle reconnait instantanément la signature de l'Etrangleur du Sud : une victime jeune, jolie, et des indices macabres qui ne laissent aucun doute sur l'identité du meurtrier. Profondément choquée par cette effroyable mise en scène, Taylor est prête à tout pour arrêter l'assassin, avec l'aide de son amant Jack Baldwin, un célèbre profiler du FBI. Car elle ne s'est pas dévouée corps et âme à ce métier pour se laisser manipuler par un tueur psychopathe qui la provoque en laissant derrière lui des poèmes. Des poèmes qui vont la mener dans les beaux quartiers de Nashville qu'elle connaît bien, là où les secrets sont si bien préservés au nom des apparences.

Best-Sellers n°531 • suspense

Noire révélation - Brenda Novak

Madeline, rédactrice en chef du journal de Stillwater, n'avait que 16 ans lorsque son père, le respectable Révérend Barker, a mystérieusement disparu de la petite ville. Vingt ans ont passé depuis, et tout le monde, y compris sa belle-mère et son demi-frère, lui conseille d'oublier ces douloureux souvenirs. Mais un hasard vient bouleverser leur existence et raviver le drame : la voiture de Barker est retrouvée au fond d'une carrière abandonnée. Contre l'avis de tous, Madeline engage Hunter Solozano, un détective privé, pour l'aider à remonter cette piste. Mais de sulfureux indices sont retrouvés dans la voiture de Barker, qui laissent Madeline perplexe. Et sa propre famille, au lieu de lui venir en aide, se mure dans le silence et cherche à la détourner de son enquête. Comme si tous étaient complices d'un passé trouble, soigneusement caché à Madeline ces vingt dernières années. Comme si le démon qui s'était emparé de la ville vingt ans plus tôt était sur le point refaire surface…

Best-Sellers n°532 • historique

Le secret d'Elysse - Brenda Joyce

Irlande, 1839

Si Elysse De Varenne occupe une place d'honneur dans la haute société irlandaise, elle n'ignore pas les cruelles rumeurs qui circulent sur son mariage. Des rumeurs qu'elles s'efforcent de démentir par tous les moyens. Pas question d'admettre qu'elle n'a pas vu son époux depuis le jour où ils ont échangé leurs vœux, et encore moins que leur union n'a jamais été consommée ! Car on ne tarderait pas alors à découvrir le scandaleux secret qui a poussé le ténébreux Alexi De Varenne à l'épouser six ans plus tôt… Hélas, son personnage de parfaite épouse vole en éclats lorsqu'après six ans d'absence, Alexi décide de rentrer en Angleterre. En effet, comment continuer à faire croire en leur mariage quand l'irrésistible Alexi refuse de lui adresser la parole ?

Best-Sellers n°533 • historique

Le mystérieux fiancé - Shannon Drake

19ème siècle, Londres.

Sous la protection des Carlyle depuis son enfance, Ally a grandi dans un havre de paix, loin des troubles qui agitent le royaume. Et si cette existence dorée a des inconvénients – comme celui d'être promise à un inconnu –, Ally a bien conscience que ses origines modestes auraient pu la conduire à un sort moins enviable. Aussi est-ce résignée qu'elle se rend au bal qui officialisera ses fiançailles avec Mark Farrow, l'époux que son parrain lui a choisi. Mais alors qu'elle est en chemin, sa voiture est attaquée par un ténébreux bandit. L'homme, aussi inquiétant que séduisant, fait aussitôt naître en elle un désir implacable. Un désir qu'elle s'efforce de réprimer pour lui tenir tête : comment ose-t-il s'en prendre à elle, Alexandra Grayson, pupille du puissant comte de Carlyle ? Son argument, elle le sait, est peu convaincant… Pourtant, contre toute attente, l'homme la libère dès qu'il apprend son nom, visiblement bouleversé par sa découverte…

Composé et édité par les
éditions HARLEQUIN
Achevé d'imprimer en septembre 2012

CPI
BRODARD & TAUPIN

La Flèche
Dépôt légal : octobre 2012
N° d'imprimeur : 69433

Imprimé en France